Era uma vez o amor
mas tive que matá-lo

Efraim Medina Reyes

Era uma vez o amor mas tive que matá-lo

tradução
Maria Alzira Brum Lemos

Copyright © Efraim Medina Reyes, 2003
Título original: Érase una vez el amor pero tuve que matarlo

Revisão: Tulio Kawata
Diagramação: Equipe Planeta

Dados Internacionais de Catalogação na Publicação (CIP)
(Câmara Brasileira do Livro, SP, Brasil)

Medina Reyes, Efraim
Era uma vez o amor mas tive que matá-lo / Efraim Medina Reyes ; [tradução Maria Alzira Brum Lemos]. – São Paulo: Editora Planeta do Brasil, 2006.

Título original: Erase una vez el amor pero tuve que matarlo.
ISBN 85-7665-179-3

1. Romance colombiano I. Título.

06-3943 CDD-co863

Índices para catálogo sistemático:
1. Romances : Literatura colombiana co863

2006
Todos os direitos desta edição reservados à
Editora Planeta do Brasil Ltda.
Avenida Francisco Matarazzo, 1500 – 3º andar – conj. 32B
Edifício New York
05001-100 – São Paulo-SP
vendas@editoraplaneta.com.br

*Você me lembra um poema que não consigo
lembrar uma canção que nunca existiu
e um lugar aonde nunca teria ido.*

1

DILLINGER NUNCA TEVE UMA CHANCE

INTERIOR-NOITE

Música dos Sex Pistols

Sou chamado de Rep — diminutivo de réptil — desde que me entendo por gente. Meço seis pés e peso oitenta e um quilos (como os caubóis de Marcial Lafuente Estefanía), tenho olhos negros e fundos como buracos de escopeta prestes a disparar, boca sensual e um pau de vinte e cinco centímetros nos dias de calor. Não sou ejaculador precoce nem costumo ter mau hálito, gosto de cortar as unhas até sangrar, tenho marcas de acne no rosto e na bunda, dentes fortes e o cheiro natural da minha pele é fascinante. Sou o cara certo para a trepada eficaz e inesquecível com que toda mulher sonha. Também me destaco bebendo. Não sei dançar nem cantar, mas se aqueles que sabem fazer essas coisas pudessem fazê-las como eu, estariam no auge. Os meus amigos acham que eu sou convencido, meus inimigos, que sou um paspalho. A e B são opiniões acertadas, mas já devem saber qual delas prefiro. Sou heterossexual e a minha inteligência é feroz. Tenho ferimentos de bala, faca e objetos não identificados. Nunca matei ninguém mas deixei muita gente à beira da morte física ou espiritual. Não é bom se meter comigo. Meu coração é pontiagudo como lascas de explosão. Eu não gosto de pessoas queixosas nem das mães que batem nos filhos. Há uma bela mulher chamada Nilda que eu adoro.

Este é um quarto pequeno pintado de preto. Nas paredes há pôsteres de Teo Monk, Sócrates e Morrison. Há fotografias de Ma-pi, Adriana Cadavid e Uma Thurman. As persianas estão cobertas por uma fina camada de poeira onde eu às vezes escrevo nomes e telefones porque me divirto vendo como a poeira os apaga. Se sobreviverem três dias é mau sinal e então eu mesmo os apago. Sempre há mulheres rondando por aqui e se houver vontade ou algum interesse especial, eu lhes dou um trato. Há quem diga que eu sou cruel, no entanto não mato nem uma barata se não for necessário. Tenho um gravador, livros, um leque, uma cama, uma máquina de escrever e um cinzeiro para as visitas.

O cara que está cantando se chama Sid Vicious, um maluco da pior espécie. A mulher que ele amou se chamava Nancy Spungen: juntos tentaram fazer o melhor possível, romper os duros limites da realidade e para isso treparam com sanha, encheram a cabeça com todo tipo de drogas, vomitaram sua raiva em hotéis fedorentos. Fizeram valer — em todos os sentidos — a liberdade num mundo de tocos ambulantes. Quiseram roubar um pequeno espaço de vida no reino da morte. Viveram como anjos infernais e caíram como cães vadios. Nancy manteve um doce sorriso enquanto Sid afundava catorze vezes a faca no seu peito. Gary Oldman interpretou Sid num filme de Alex Cox, mas Oldman não esteve à altura, era um covarde, você alguma vez foi um covarde? Eu já, justamente quando estava apaixonado por uma certa garota, mas ela não era como Nancy, ela era mole como um pudim e acabou se casando com outro pudim e tiveram pudinzinhos. Ela queria ser atriz mas com aquela personalidade molenga não conseguiria interpretar nem sequer uma voz em *off*. Sentados na praia, olhávamos a Lua e eu inventava com palavras para ela um reino de duendes pirados e castelos medievais, gastava o poder da minha mente nela, uma mulherzinha que usava a cabeça para separar as orelhas, lá dentro só tinha piolho de rato doente. Sid era a alma dos Sex Pistols, mas quando o enterraram veio outro filho-da-mãe e a festa continuou do mesmo jeito. Na verdade eram uns escolares tentando ser maus só que eles se esqueceram de que os maus não cantam nem dançam. As pessoas que ainda têm pêlos no coração e pensam muito antes de dormir nunca conseguem ser más. Sid teria conseguido, mas rebolava o traseiro com graça verdadeira, e isto é um deslize imperdoável.

Não digo que eu sou mau, mas digo que tome cuidado. Sou de uma raça indomável, que se movimenta rápido, o tipo de criatura que deixa um rastro de ânsia quando passa. Já não digo mais mentiras porque perdi a imaginação mas não há nada que seja confiável nas minhas verdades. Abro os olhos e olho para o teto. Isso me dá vontade de pensar. Penso deitado durante muitas horas. Nem sempre foi assim. Como Sid e Nancy, eu também tentei chegar a tempo para o jantar, mas os cartazes de publicidade e os sinais de trânsito foram apodrecendo meu sangue. Mamãe vinha toda noite inspecionar meu sono: primeiro tirava o livro das minhas mãos, depois me agasalhava bem, me benzia duas vezes, apagava a luz e ia embora sem fazer o menor barulho. Como Sid e Nancy, eu também adivinhei formas nas nuvens e nem sempre elas eram agradáveis. Como eles, eu fiquei farto de ver desfilar professores fedorentos e bandas militares enquanto no fundo soltavam ferozes cuspidas e peidos entrecortados. Então pulei a janela e pisei fundo no acelerador, entrei em contato com a grama e com as libélulas, e logo não havia mais grama e sim um tiquetaque prometedor, uma brusca ameaça de música e outros que como eu procuravam encrenca.

EXTERIOR-DIA

Sabe o que acontece nos hospitais à meia-noite, que tipo de gente anda pelos corredores, quantas balas de hortelã são consumidas por hora?

Estou agachado em frente à universidade junto com o Toba. Ele está de pé, encostado numa porta. Estamos bebendo desde a tarde do dia anterior e agora decidimos esperar o Ortega sair para lhe pedir dinheiro e ir tomar umas cervejas no Miss Blanché. Ortega é professor nesse antro e às vezes escreve poemas. O nome dele é Augusto mas todos o chamam de Ortega e ele prefere assim. Os estudantes que entram e saem nos olham com ironia e as garotas com asco e curiosidade. Imagino que devemos ter uma aparência repugnante mas o essencial continua pesando. No Toba certamente um pouco mais. O olhar dos estudantes assusta, há mais lucidez num pavilhão psiquiátrico, até no necrotério. Algumas garotas têm boa aparência.

— O que é boa aparência, Rep?
— Tetas grandes e nádegas proeminentes.
— Eu não gosto de tetas grandes.
— Eu sim.

Um dos mutantes se aproxima: é o pequeno Nico. Ele não só é estúpido como, ainda por cima, pensa que tem coisas em comum conosco. Seu senso de humor é tão eficaz quanto o esperneio de uma tartaruga na água fervendo. Ele coça a cabeça. Não é má pessoa, não tem culpa de ser limitado, um pedaço de lixo genético vazio e sorridente. Durante um momento tenta flutuar em torno de nós para chupar a nossa imagem mas Toba tapa um dos buracos do nariz e sopra pelo outro fazendo sair todo tipo de objetos e imundícies. Nico olha a pilha multicolorida no chão, entre seus pés, e cai fora.

Ortega nos dá o dinheiro. Ele é amável e evasivo. Toba tenta abraçá-lo mas eu não deixo. Ortega dá explicações, digo que entendo, que então vá embora. Entramos no Miss Blanché. O lugar está cheio de mutantes que tomam Coca-Cola ou café enquanto discutem leis e teoremas com ares de grandeza. Miss Blanché nos oferece o seu melhor sorriso. Ela prefere — é óbvio — os que tomam cerveja. A cerveja está gelada. A alma volta ao meu corpo.

— Ele não tem colhões para ser poeta.
— Ortega é professor, Toba.
— Para ser professor, ele tem de sobra.
— E você?
— Não sei — diz Toba com o olhar cravado em Miss Blanché. Ela tem quase cinqüenta e cadeiras largas. — Sou um pescador mas a água está escura.
— Como o rabo da Betty.
— Não se meta com ela, Rep.
— Ela é só um monte de merda seca.
— Vamos lá para fora, seu filho-da-puta.

O sol tira faíscas do asfalto, os mutantes vão e vêm, as cervejas esquentam num instante nas nossas mãos. Toba está com lágrimas e ranho escorrendo. Alguém nos açula de uma janela: estamos frente a frente mas a vontade de brigar já passou. Digo a ele que entremos e me segue como um cão. Vou ao banheiro e quando volto ele está roncando. Continuo bebendo sozinho. Miss Blanché nos observa, parece preocupada. Toba escorrega da cadeira e fica meio estendido no chão. Os mutantes riem, eu gostaria de ter uma arma e matar todos eles. E se a razão fosse deles, se os mutantes fôssemos nós, Toba e eu? Seria uma pena que eles ganhassem. Agora parecemos escória mas tivemos uma noite vibrante. Pago

e me despeço de Miss Blanché. Ela pergunta pelo Toba. Digo que chame a polícia para tirá-lo dali.
— Mas ele não é seu amigo?
— É sim.

INTERIOR-NOITE

Música dos Sex Pistols

Nancy amava Sid mas gostava de ler filosofia e ouvir música de Wagner. Sid amava Nancy e não gostava de mais nada. Só cantava com a banda por amor a Nancy. Sid odiava filosofia e a música de Wagner e odiava qualquer coisa de que Nancy gostasse. Por sorte Nancy não gostava da banda, então não tinha que odiá-la. Quando Nancy estava feliz com alguma coisa, Sid dava um jeito de destruir aquela felicidade, de matar aquela *coisa*. Nancy era feliz com Sid e Sid machucava a si mesmo, não queria de jeito nenhum que ela fosse feliz, as pessoas felizes não eram confiáveis para ele e ele queria confiar em Nancy. Sid batia com a cabeça nas paredes até tirar sangue e Nancy chorava e isso satisfazia Sid. Nancy estancava as feridas de Sid com profunda tristeza e ele a cobria de beijos, chupava seu próprio sangue molhado pelas lágrimas de Nancy. Desse jeito as coisas iam bem para Sid, mas Nancy estava esgotada e costumava fugir por aí para se drogar sozinha. As pessoas diziam coisas ruins de Nancy. Sid era o ídolo e o queriam isolado, exposto: queriam vê-lo fodido por e para eles. A imprensa escarafunchava suas intimidades, chamavam-nos de monstros sem coração, fantoches caça-níqueis. Os concertos se sucediam um atrás do outro, o público pedia ação. Sid se sacudia furioso e o pessoal gritava. Mas Sid não estava furioso, só fingia estar. Sid sentia angústia, queria estar com Nancy, ele a tinha perdido de vista e a imaginava gemendo com um vagabundo qualquer num quarto de fundos. Sid envenenava suas canções, seu coração estava em carne viva. Embaixo, à sua frente, movimentava-se aquela substância viscosa, delirante. Em outro lugar, protegidos por matadores, os donos do mundo contavam dinheiro e um deles, provavelmente, devia estar comendo Nancy, um bem feio, baixo e gordo como um sapo pré-histórico. Nancy estava triste e isso a puxava para a imundície. Estaria gemendo debaixo de cento e cinqüenta quilos de banha qualquer, sem controle de qualidade nem data de vencimento, banha sem alma. Sid não queria mais cantar, seus olhos estavam injetados de sangue e tinha espuma na comissura dos lábios. A multidão cantava em coro suas maldições, adorava-o como a um deus mas aquele deus, ofuscado pelo ciúme, estava suando sangue. Aquele deus queria a cabeça de Nancy e de seus amantes numa bandeja de prata.

Sid e Nancy passavam juntos a maior parte do tempo. Sid batia em Nancy porque Nancy não sabia cozinhar. Nancy xingava Sid porque o encontrava transando com meninas. Às vezes alugavam um quarto imundo e ficavam dias trancados sem trocar um beijo. O encarregado do motel se perguntava que tipo de coisa os Smith tomavam para resistir tanto. A vontade de abraçar Nancy enlouquecia Sid, mas ele não dava o braço a torcer, sabia que ela estava sofrendo, via formar-se aquele ricto de dor no rosto dela, isso era mais prazeroso para Sid do que o desejo, eram gotas de ácido nos nervos, o sabor da morte. Nancy não se atrevia a romper a parede invisível, ficava muito quieta sem tirar os olhos de Sid, lutando contra o sono. Sabia que Sid estava louco e não podia lhe dar uma chance, atrás daqueles olhos serenos os demônios estavam fazendo uma festa e ela não queria ser o bolo. Quando chegava ao limite de sua resistência, Sid deslizava como um *marine* em manobras de combate e ia para cima dela com toda a sua ânsia. Nancy se defendia e ele soltava uma gargalhada selvagem.

Sid injetava Nancy, dava banho nela e limpava a sua bunda. Usavam a mesma agulha, a mesma escova de dentes, o mesmo perfume. Sid detestava sentir-se vulnerável e Nancy lhe causava essa sensação. Nancy nunca pensava no seu amor por Sid, não opunha resistência, deixava-se inundar por aquele brusco sentimento, sentia-se à vontade naquela substância. Sid pensava em matar Nancy, imaginava mil formas diferentes, para ele não havia outra saída. Nancy tratava Sid como se fosse um escolar assustado. Bob, o baterista, zombava de Sid quando o encontrava no colo de Nancy. Bob estava apaixonado por Nancy, todo mundo sabia. Nancy sabia que Sid ia matá-la mais cedo ou mais tarde, porém preferia pensar em outras coisas. Pensar no amor não seduzia Nancy, para ela o amor como idéia era um pesadelo, um presente louco e impenetrável. Nancy desprezava as pessoas que faziam do amor um axioma, odiava as canções de namoricos e decepção, preferia queimar os neurônios nas encruzilhadas de Spinoza e Kant. Sid só pensava em Nancy, quando estava drogado tinha alucinações com ela. A idéia de perder Nancy derretia seu cérebro, imaginar-se sem ela abria no seu ser um buraco maior que ele. Sid compunha canções de amor e morte para Nancy mas ela não dava importância para isso. Nancy estava lendo num canto enquanto Sid e Bob trocavam socos. Nancy não tinha feito amor com Bob como Sid suspeitava mas tampouco excluía a possibilidade. Bob era um bom baterista e gostava muito de Sid, por isso aceitava perder.

Nancy podia ficar o dia inteiro lendo. Sid andava de um lado para o outro da casa derrubando tudo o que encontrava pelo caminho. Não conseguia entender o que Nancy via naqueles livros, ele queria comprar um cavalo mas Nancy não se interessava por cavalos. Sid se perguntava que tipo de garota era Nancy mas não obtinha resposta.

— Por que diabos você lê essas coisas, gatinha?
— Eu gosto.

Sid pegou o livro e leu duas linhas.
— E você entende o que diz?
— Não.
— Então?
— Eu gosto.

De tempos em tempos Sid jogava os livros de Nancy no fogo, então ela perdia o apetite, se drogava a toda hora, não respondia às perguntas dele. Sid via como ela ia se apagando como um lento entardecer de outono. Não era surpresa para Nancy vê-lo chegar trazendo uma caixa de papel rosa com edições de luxo dos livros queimados e novos títulos e autores que ela não conhecia. As revistas femininas escreviam sobre Nancy: para alguns ela era uma idiota, outros a consideravam genial. Sid desconfiava que Nancy conseguia entender aqueles livros e que zombava dele quando os lia. Sid não conseguia responder bem aos jornalistas, Nancy em compensação fazia deles o que queria. Um jornalista perguntou a Sid se era verdade que a mãe dele tinha tido problemas com bebida. Sid puxou uma navalha e tentou apunhalá-lo. Nancy interveio e conduziu as coisas de um jeito tal que o jornalista acabou escrevendo um artigo favorável sobre a infância de Sid.

Sid nunca teve uma chance. Sid apontava bêbado para o olho de um corvo em pleno vôo e acertava. Desejou amar uma mulher e encontrou Nancy, a melhor garota que havia sobre o planeta. Não podia ter sido mais afortunado, e já se sabe o que a Senhora Fortuna faz com os caras sensíveis. O pobre Sid tinha coração de tigre mas alma de poeta. Dillinger saiu daquele bar acompanhado pela garota de vestido vermelho — era o sinal combinado — e foi alvejado por uma horda de federais que levaram algum tempo para acreditar que tinham acabado com o verdadeiro Dillinger. Sid foi alvejado pela fama, seu nome estava nas capas e nas caixas de cereais, vendiam nas ruas um boneco à sua imagem e semelhança. Milhares de vulvas o perseguiam para comê-lo, milhares de línguas queriam lamber o seu traseiro. Então apareceu Nancy com seu refrescante sabor de ira e desarraigo, com o zumbido azul da mosca-varejeira, a mosca que caga nos olhos do cadáver. Nancy era muito *blues* para Sid. Dillinger estava estendido no asfalto cheio de buracos no corpo e com o sorriso partido, a garota do vestido vermelho dava gritinhos abraçada a um federal: Dillinger nunca teve uma chance.

SEQÜÊNCIA MÚLTIPLA-VERÃO

Não sei como, mas tenho certeza de que a amei

O banheiro é amplo, está iluminado como um cenário. Há todo tipo de cremes, há revistas e livros em quatro idiomas, há cigarros e balas de hortelã, há uma garrafa de *brandy*, folhas em branco e lápis sem ponta, um espelho cobre a porta, o estojo de primeiros socorros está mais bem equipado que uma farmácia. Há uma balança: oitenta e um quilos, nem um grama mais. Se eu transar com esta mulher e ela estiver infectada, logo começarei a perder peso, se ela estiver sadia e eu não transar, vou perder uma verdadeira festa. Conversar com ela não leva a nada: se ela está doente e sabe disso, suas intenções são óbvias. E se for eu o doente? Ela não parece considerar esta hipótese, e isso dá o que pensar. O ruim é que se ela me infectar logo em seguida infectarei uma certa garota que me ama e demonstra fidelidade a toda prova, de certa forma a vida dela depende da minha decisão e se eu cometer um equívoco sua fidelidade não vai lhe adiantar muito. Não conheço esta mulher. Tanya, Londres, 1968, professora de idiomas. Isso não ajuda e todo mundo sabe que nenhuma proteção é cem por cento garantida. Ela chega aqui, compra um lindo apartamento, entra num bar, me encontra, conversamos, beijamo-nos e me traz para cá. Diz para eu me sentir em casa. Ela é bonita e irreal. Digo que quero tomar um banho e aqui estou, no banheiro perfeito, um banheiro que dá vontade de tudo menos daquilo que se deve fazer num banheiro. Saio e vou até o quarto.

A cama é enorme. Há uma garrafa de vinho no criado-mudo. Tanya está enrolada numa toalha, fala que vai tomar um banho, que não vai demorar.

Ando pelas ruas solitárias com os bolsos cheios de balas de hortelã, numa das mãos levo a garrafa de vinho e na outra uma revista *Playboy* com a qual pretendo bater uma punheta. Tanya já deve ter descoberto a minha fuga. Se eu contasse para uma certa garota o que acabo de fazer, ela não acreditaria, então nunca contarei. Por instantes me dá vontade de voltar para a Tanya, mas estou cada vez mais longe dela. Dou balas de hortelã para as pessoas que me pedem dinheiro. Atravesso a avenida e pego a beira-mar. Tem muita gente se esfregando na escuridão, muito turista pobre e putas em promoção. Chego em casa e dou a garrafa de vinho de presente para a minha mãe, ela me agradece meio dormindo. Entro no banheiro com a revista.

No dia seguinte volto ao bar e encontro Tanya na companhia de um cara, cumprimento-a mas ela se mostra indiferente. Vou para uma mesa. Ciro e Jota chegam, fazemos uma vaquinha e compramos meia de rum. Eu conto sobre a Tanya e eles não acreditam em mim. Tanya vai embora com o cara e eu fico com ciúme.
— Sou um idiota — digo.
— Um pouco mais do que isso — diz Jota.
Ciro vai até o balcão e passa a conversa numa loira. Jota joga uma conversa sobre construção de navios e literatura medieval. Ciro volta de mãos vazias. Confessa que duvidou da minha história. Não acreditamos nele. Ciro e eu saímos para dar uma volta. Jota fica ancorado na mesa, parece bêbado. Compramos uma garrafa no cais, Ciro a esconde e voltamos para o bar. Jota está com Toba, secaram a meia e estão tomando cerveja. Esvaziamos uma garrafa de cerveja e vamos jogando nela o rum da garrafa escondida. Toba diz que teria transado com a Tanya sem pensar. Jota diz que trepar é bom mas que falar disso é muito chato.

— Agora mesmo podem estar metendo na sua mulher — diz Toba.

— É possível — diz Jota.

Todos rimos e logo em seguida ficamos sérios. Penso em uma certa garota e a imagino dormindo ao lado da mãe. As duas têm seios lindos mas eu gosto mais dos da mãe. Tento imaginá-la com um cara qualquer e não consigo, confiar tanto nela me assusta. Toba diz que todas as mulheres são putas. Jota diz que o mundo não acaba na casa do Toba.

Com o tempo eu e Tanya ficamos amigos: costumo ir à casa dela tomar banho. Um dia a apresento a uma certa garota e elas fazem amizade. Tanya lhe conta a história e ela reclama comigo. Eu explico mas não acredita em mim nem na Tanya e pára de falar com ela. Faz com que eu prometa não ver mais a Tanya. Eu e Tanya viramos amantes.

Tanya organiza uma festa e me pede que leve gente. No começo a coisa está fria. Há várias amigas inglesas de Tanya. Toba está dançando. A temperatura sobe. Gostaria de chamar uma certa garota para que viesse mas ela me arrancaria os olhos. Os casais vão se definindo. Toba pede silêncio:

— Aqui não tem risco — diz Toba. — Estamos todos infectados.

Há risadas e assobios. O cheiro de maconha é intenso. Na parede há um cartaz que diz: A FESTA COMEÇA QUANDO A ROUPA ACABA. Toba está sem camisa.

EXTERIOR-MEIO-DIA

Os asnos preferem a palha ao ouro

Estou jogando como meio-de-campo. Já viu coisa mais desprezível que um cara que narra ou comenta futebol? Nem eu. Estamos perdendo de dois a zero. Perdi três gols e o treinador está a ponto de me tirar. Você não imagina como eu fiquei puto porque o presidente, no seu discurso pela televisão, não mencionou os efeitos da ejaculação precoce no fracasso esportivo. Que não falasse sobre as discussões íntimas dos motoristas de ônibus superlotados com suas mulheres a 90 km/h. Pelo menos devia ter se referido a como é complicado para mim jogar com uma certa garota no meio do público. É só um jogo de praia, mas é toda a glória que terei como jogador de futebol, e provavelmente como ser humano. Não digo que eu seja excelente mas costumo fazer melhor quando ela não vem. Todo o universo ignora o que significaria para mim fazer um gol, mas isso não vai ser possível, isso não cabe na mente de Deus, não enquanto ela me cegar com o esplendor dos seus olhos. Fiz nove gols nesta temporada, mas ela não viu nenhum e contar não é a mesma coisa. Quero tanto fazer um na frente dela mas não consigo. Já viu alguém mais desprezível que eu jogando futebol de praia na frente de uma certa garota? Nem eu.

Se o presidente tivesse falado de amor, de amor e de sexo, do amor sexual, alguma coisa iria melhor, não sei o quê mas sei que iria. Todo o espaço é para a queixa, a morte e a fraude, a vida não é notícia, não interessa a ninguém e fazer um gol hoje para mim é a própria vida. Julio tenta me ajudar, me dá vários passes magistrais e eu vou fundo mas o desgraçado do goleiro não pensa no amor ou talvez sim, de repente sua namorada está no meio do público e um gol-vida meu seria um gol-morte para ele. Recebo a bola, piso, driblo um beque, entro na área inimiga, passo para o Miguel, corro para a marca do pênalti. Miguel vai para a ponta e lança, vejo a bola vindo para mim, pulo em dois tempos, sinto o contato na testa e bato com a alma, vejo a pelota se dirigir para o ângulo mais difícil, já começo a comemorar quando ela bate na trave e volta para o campo, tento pegar a sobra mas sou empurrado por trás. O árbitro apita e vou a toda pegar a bola para cobrar o pênalti mas o filho-da-puta me encara e diz que foi falta minha. Reclamo, e ele ri. Eu o xingo e ele me dá o cartão vermelho.

O futebol é o esporte mais estúpido do mundo, sobretudo quando, além de perder gols e ser expulso, você acaba discutindo com uma certa garota porque de repente resolveu achar o biquíni dela pequeno e vulgar (biquíni que você mesmo sugeriu e que ela já usou meia dúzia de vezes sem merecer nenhum comentário). Uma certa garota se afasta pela praia, o rádio informa que Molina acaba de se suicidar com um tiro em sua casa de Malibu. Sinto-me como ele, mas sem cadáver não há notícia.

A morte de Molina nos reconcilia. Ela viu quase todos os filmes dele. Molina tinha trinta e quatro anos e amanhã a imprensa dirá que as drogas e os excessos foram os assassinos. Não me parece tão simples, acho que o presidente deveria ser mais pessoal no seu discurso, acho que ele tem sua parcela de responsabilidade na morte de Molina. O sol esquenta, as pessoas falam, riem, comem frutas e tomam Coca-Cola. Os casais se abraçam com a água até a cintura. Uma vez tentamos transar na água e não é nada fácil, na areia o problema é a areia. Eu e ela transamos nos lugares mais inusitados: uma vez fizemos na pia enquanto sua mãe e sua irmã assistiam à televisão bem perto. Eu e ela fazemos isso muito bem. É o que eu costumo pensar. É o que ela me diz.

INTERIOR-NOITE

Os asnos sabem tudo

Toba conheceu Betty em Bogotá. Naquela época usava cabelo comprido e só ouvia Bob Marley, usava jaqueta de caçador de alces e botas altas de alpinista, estava magro como sempre mas tinha um jeito durão e a Betty Black ficou louca por ele. Ela estudava antropologia e música, vivia há bastante tempo em Bogotá e conhecia um monte de gente do meio artístico. Era uma negra alta e sensual, um pouco afetada e meio riponga mas sabia ser doce. Toba estava há dois anos em Bogotá, vivia num pequeno quarto em Chapinero e dava uma de pintor, marginal e rastafári. Trabalhava como DJ num bar da Zona Rosa e aos domingos vendia aquarelas no Mercado das Pulgas. Poucas semanas depois de se conhecerem, Betty foi morar com Toba. Para Toba era a primeira vida em comum. Ela tinha um repertório variado.

Então, num fim de semana, Toba chegou a Cidade Imóvel. Aqui era conhecido como Juancho, um rapaz calado, com algumas idéias de esquerda e certa inclinação para as artes plásticas. Dois anos antes tinha recebido o diploma de economista, e por falta de emprego decidiu tentar a sorte em Bogotá. Eu gostei da sua nova aparência, mas imaginei que, a mais de quarenta graus à sombra, em Cidade Imóvel aquelas botas não eram confortáveis. Mas reparei que as mulheres olhavam para ele com interesse e achei estranho. Toba nunca tivera sucesso com as garotas, era invisível para elas, pelo visto o jeitão rastafariano estava dando resultado. Pensei em arranjar umas botas para mim. Contou que lá o chamavam de Toba e falou da Betty.

A mãe do Toba quase morreu quando o viu, pensou que tinham usado o filho em alguma experiência terrível. Houve discussões duras. Toba aceitou guardar as botas e fazer a barba mas quanto a cortar o cabelo não cedeu um milímetro. Outras coisas assustaram sua mãe: estava namorando uma negra, tinha dado para beber, fumava e ouvia aquela música horrorosa. O que eu e o Ciro mais gostamos no novo Toba foi que ele tinha perdido todo o interesse pela política, Bob Marley era o seu profeta, um profeta maconheiro e boa-vida. Tudo ia bem para o Toba até que uma noite, enquanto dormia, a mãe cortou o cabelo dele. Ela imaginou que debaixo daquela mata de cabelo encontraria o Juancho mas não foi assim, Toba sobreviveu à tosa, só que um Toba triste e depenado. No dia seguinte voltou para Bogotá.

Betty está no aeroporto e não reconhece Toba. Ele diz que é ele. Ela vê um judeu acabando de sair de um campo de concentração. Toba conta a história e ela o manda para o inferno. Toba busca ajuda com os amigos, mas eles não querem vê-lo nem pintado. O dono do bar diz que ele não se encaixa mais no ambiente e o despede. Toba se sente como um pestilento. Procura Betty durante vários dias e por fim a encontra almoçando com um cara num restaurante da 17 com a Sétima. Toba faz um escândalo, o porteiro chama a polícia e Toba vai dar com os ossos na cadeia. Ali lhe roubam a jaqueta e as botas. Toba tenta bancar o valente e então lhe dão uma punhalada na perna.

Um fantasma manco chamado Toba percorre Bogotá. O fantasma se distrai toureando carros na Caracas. Está bêbado e seminu. Um dos amigos fica com pena dele e o leva para o seu apartamento. Toba fala incoerências. O bom sujeito lhe dá um par de tênis velho, um suéter de lã e uma boné de jogador de beisebol. Deixa-o dormir e quando acorda lhe traz comida. Toba pede a ele dinheiro emprestado para voltar a Cidade Imóvel. Na mesma noite viaja num avião de carga. Seus pais o recebem com indiferença. Toba se fecha no seu quarto. O que mais o aporrinha é que o cara que anda com a Betty é um bosta de um escriturário de um metro e meio, malvestido e, para acabar de foder, careca.

Ele me diz que o amor é uma fraude, que a Betty é uma puta sem coração. Pergunto-lhe se amaria Betty mesmo se ela perdesse as tetas. Ele me diz que o cabelo vai voltar a crescer. Respondo que as tesouras da sua mãe não perdem o fio. *Como a Betty pode respeitar um cara cuja vida se resume numa mãe armada de tesouras? Não, Toba, não se trata de quantos meses o cabelo demora para crescer num clima inóspito, trata-se de saber se Toba é capaz de defender aquilo que ama, de até onde Toba é capaz de ir, de decidir se Toba é o filho da sua mãe ou o marido da Betty.* Naquela noite a mãe tinha cortado algo mais do que o cabelo dele, e Betty logo percebeu. Não lhe importava se ele estava com o cabelo curto, o que ela queria saber era se ele podia ser ele, quem quer que fosse, e não perdê-lo cada vez que passasse um fim de semana em outro lugar. O amor não é uma fraude, Toba. O amor é um limite e nos mede. Toba olha pela janela do bar onde o amanhecer começa, tinha passado oito horas seguidas choramingando, uma puta dorme sobre as suas pernas. Toba agarra a puta pelos cabelos, levanta-a, cola sua boca na dela, a puta ronca. Toba a deixa cair nas suas pernas. E me diz que o amor é uma fraude.

SEQÜÊNCIA MÚLTIPLA-INVERNO

Nada que pretenda ser real merece respeito

    Depois ficamos sabendo que a Betty tinha largado o Toba porque não gostava dele de cabelo curto. Simples assim. Enquanto isso Toba conseguiu manter a mãe à distância e seu cabelo cresceu em boa forma. Um dia Ciro, Ray, Alonso e eu fomos com Toba para Bogotá. Bogotá é uma cidade como qualquer outra só que maior, fria e sangrenta. Há muitos bares e mulheres, mas as mulheres em sua maioria têm umas bundas miseráveis, são só cabelo e olhos. Toba topou com a Betty por acaso, insultou-a, deu-lhe dois bons ganchos e a levou para um motel. Betty não era bonita, era uma negra beiçuda e com um traseiro molenga. Ela se achava grande coisa mas tinha os calcanhares cheios de rachaduras. Toba não tinha certeza se a amava, era violento e jogava sujo com ela. Nós morávamos num quarto em Chapinero e Toba no apartamento da Betty. Toba tinha voltado a se dar bem com as mulheres, parecia à vontade em Bogotá, encaixava-se onde fosse. Betty lhe comprara uma jaqueta de couro e umas botas de caubói. Eu e Ciro passávamos deitados a maior parte do tempo. Um dia o Ray apareceu com a má notícia de um trabalho. Antes de ter tempo para pensar, já estávamos num andaime a quarenta metros de altura, pintando a placa de um motel.

    A filosofia escrutina a existência mas não ajuda a existir. A religião ensina a nos desprezarmos. A arte é um bom álibi mas longe de casa se torna desnecessária. Não havia nada melhor para fazer do que ficar olhando para o teto. Ray nos tirou do nirvana, nos torrou o saco com aquela interminável placa e para completar sua façanha convidou-nos para tomar umas cervejas. Quando pedimos nosso pagamento, disse que o cheque ainda não estava pronto e assim passaram-se os dias e os anos e o diabo do cheque nunca apareceu. Moral da história: *Pintar em cima de andaimes não é uma boa idéia.* Às vezes é melhor não pensar, não ir mais longe. A Betty é plana feito as bundas que andam por esta cidade, não tem a menor idéia nem do que seja um matamoscas, não sabe quem são Sid e Nancy, não sabe. Mas inspirou aquela conversa que eu e o Toba tivemos num bar de Cidade Imóvel. Eu preciso de um cara que fale comigo como eu falo com os meus amigos, que me faça reagir. Uma certa garota continua me doendo, não encontro o que procuro e o que procuro já não pode ser ela, me mandou ir ver se ela estava na esquina e quando eu disse que sim, me mandou pentear tartaruga. Fiquei tentando um tempo mas você sabe que quando o amor se apaga é mais frio que a morte. O ruim é que as duas extremidades não se apagam ao mesmo tempo e quando você é a extremidade que continua acesa, melhor seria estar morto.

    Toba brigou com Betty e está deprimido. Betty está no hospital se recuperando. Toba veio se esconder aqui. Um irmão da Betty está procurando o Toba e não é para lhe desejar boas-festas. Toba diz que ama Betty e parece que assim é: Toba não come, não urina, não quer falar com ninguém. Eu e o Ciro administramos o dinheiro do Toba. Certa madrugada toca a campainha, Alonso abre a porta e um negro gigante o segura pelo colarinho e pergunta pelo Toba. Alonso diz que ele se mandou, que está com a família em Cidade Imóvel. O cara solta o Alonso e bate com o punho fechado no batente da porta. O estrondo nos deixa surdos, a casa treme. Quando o cara vai embora o Toba sai do armário e fica um pouco posando de valente, diz que da próxima vez vai enfrentá-lo. Ciro aparece e avisa que o gigante está de volta. Toba pula como um raio para o armário. Ciro ri à beça.

INTERIOR-NOITE

Que culpa tem o machado dos seus berros?

Uma certa garota gostava do campo, gostava das vaquinhas, gostava do capim molhado. Isso tudo me deixa doente. Ela ia para o campo com a família, eu quase nunca os acompanhava. A família dela não gostava de mim mas na época eu não sabia disso, soube depois, quando fodeu tudo e já tanto fazia uma coisa ou outra. Eu gostava muito deles, sobretudo da mãe, era linda, com lindos cabelos brancos e seios redondinhos que eu tinha vontade de chupar. A irmã era linda às vezes e estúpida sempre. Era uma família padrão: mãe abandonada, dois irmãos sonhando fazer dinheiro, uma irmã que queria uma bunda maior e passava horas na academia, um pai beberrão, arrogante e mulherengo que só aparecia de vez em quando. Mesmo assim, eles o amavam e ele sabia tirar partido desse amor. Eram pessoas que tentavam seguir em frente e embora eu não quisesse ir para nenhum lado e sim ficar nos olhos dela, nos serenos olhos de uma certa garota, gostava deles, afinal de contas eram parte dela.

Tinha duas cadelinhas: Zeppelin e Floyd. No fundo do quintal eu a ajudava a dar banho nelas e catar pulgas. Sou ótimo para duas coisas: catar pulgas e perder aquilo que amo. A mãe dela nos via e parecia pensar que se fazíamos aquilo juntos nada ia nos separar. No entanto, foi isso o que nos separou: um pulgão, escuro, tamanho família, fofo, chorão, ranhento. As cadelinhas eram lindas: a Floyd, mais nervosa e escorregadia, a Zeppelin, melosa e brava, uma noite a vi caçar uma ratazana enorme.

Uma vez fomos à praia, não na área turística mas num vilarejo de pescadores. Ela nada bem. Eu, como em todas as coisas, me viro. Não é que eu saiba fazer alguma coisa, mas tenho minha própria maneira de não saber fazer, um estilo inconfundível que transforma a estupidez em arte: isto é suficiente a menos que se tope com um especialista. Para minha sorte o mundo está cheio de pessoas insatisfeitas e insignificantes, gente que só consegue dizer que está errada uma coisa que pareça errada, assim é pouco provável que vá topar com um especialista. Se você por acaso ainda não sabe, um especialista é aquele tipo de pessoa que pode descobrir o que está errado numa coisa que parece certa e se delicia descobrindo isso. Daquela vez eu me diverti como nunca: deitados na areia. Pulando na água. Jogando bola. Tentando transar atrás de uns matagais. Sentado numa rocha olhando-a brincar com as ondas. Não sei como ignorei então que ela era a melhor coisa que nunca teria.

A pele é branca mas o sol a escurece um pouco e ela fica linda. Quando se está assim tudo corre bem, o mundo gira em sua mão e, ainda que você não seja nada, brilha. Ela treme quando você a toca, entrega tudo, até o que guardava para o mau tempo. Uma doce e sensível criatura de Deus. Você é o herói dela e não tem que se esforçar para ser bom e crédulo. Os pescadores olham para a sua garota e embora isso incomode um pouco, você pode entendê-los: ela é um regalo para os olhos e você é o dono, pode beijá-la e fazer amor com ela quando bem entender, é o primeiro e único homem da sua vida, o jardineiro que cortou essa flor, cortou-a com ternura, não houve dor, foi lento e prazeroso como chupar uma bala de hortelã. Os pescadores olham para ela como se fosse uma estrela, eles não podem cortar flores tão suaves, eles comem capim como os burros. Se tivessem flores assim, eles as destroçariam porque a ansiedade os queima, mas você não tem pressa. Para quê? Ela é sua para sempre.

E um dia tudo acaba, ela diz nunca mais e é a sério. Você enlouquece tentando abrir a porta que abriu mil vezes. Para ela você é menos que um marco na estrada. Num domingo você a encontra naquele vilarejo de pescadores com um inseto agarrado no pescoço. O inseto é gordo, isento de graça e desprovido de humor, não passa de uma lesma flutuante. Ela o fita e não há amor em seus olhos, o inseto não se importa com isso, está acostumado a comer sobras. É ele quem está com ela agora e de nada adianta para você ser melhor. Se você não está com ela agora quem vai acreditar que você é melhor, é como eu disse: os especialistas não abundam. E lá vai você, entre os pescadores, observando a bela garota e o feio inseto. Os pescadores parecem encantados, o inseto tem muito em comum com eles, deixa-os pensando que podem colher flores assim, que não estão condenados ao capim como você os fez acreditar. A hostilidade ronda e você opta por sair com o rabo entre as pernas, você que poderia partir esse inseto em três pedaços iguais e enviá-los para a mãe dele embrulhados em papel celofane. Mas nada vai trazê-la de volta e você já aporrinhou bastante.

Você pensava que com o tempo ela ia cansar, que ele não podia preencher os espaços abertos por você, que não tinha talento para lhe dar riso e dor. Durante um tempo andou seduzindo umas fulanas para mostrar a ela o que você valia, mas não houve resposta. *Ela gosta de cinema, teatro, leitura, sonha ser atriz e aquele retardado não tem a menor idéia disso.* Passam os dias e o inseto não desgruda. Numa tarde você encontra a melhor amiga dela num antiquário e ela conta que uma certa garota e seu inseto são felizes e vão se casar, que o retardado aprendeu muito de cinema e já está escrevendo seus primeiros poemas, que juntos conseguiram tirar todas as pulgas das cadelinhas, que ele o faz com destreza, sem arrancar-lhes os pêlos, e tanto a Floyd quanto a Zeppelin o adoram. *Você acha que aquela bexiga de porco é melhor do que eu?* Ela diz que sou cem mil vezes melhor em qualquer sentido mas que ele é tranqüilo e fiel. *Pode ser feio mas a ama e cuida dela.* Saímos do antiquário e paramos numa esquina. *E eu o que sou, um ogro?* Ela ri. *Você é forte e presunçoso, e eu gosto.* De maneira que vou a um bar e depois a um motel com a melhor amiga dela.

2
PRODUÇÕES FRACASSO LTDA.

CIDADE IMÓVEL. ABRIL-92

Para ver as minhas cicatrizes e ouvir o meu coração é preciso pagar ingresso. Nada disso é uma comemoração

Marvin, primo do Toba, tinha chegado dos EUA com meia dúzia de levi's e uma câmara de vídeo VHS formato C de segunda. Toba nos apresentou na praça. Marvin estava procurando compradores para as suas levi's. Falei que eu e o Ciro provavelmente teríamos interesse mas só se fossem pretas.

— Não trouxe pretas — disse Marvin.

— Dá para tingir — disse Toba.

— Mas isso é burrice — disse Marvin. — Quem vai comprar uma levi's azul para tingir de preto?

— Eles — disse Toba. — Rep às vezes usa outra cor mas o Ciro anda sempre de preto. O quarto do Rep parece uma caverna: pintou as paredes, o piso e o teto de preto. Você imagina? Com este calor…

— Ouvi falar que você tem uma câmara.

— Tenho, mas é velha — disse Toba.

— Não é tanto por ser velha… — disse Marvin. — Aconteceu alguma coisa no microfone e fica fazendo barulho o tempo todo.

— O que vai fazer com ela?

— Pensava usar para fazer casamentos e coisas assim, mas preciso consertar o microfone.

— Vamos fazer um filme — disse.

— Com esse traste?

— Pode ser um filme *underground* — disse.

— O Rep fez um curso de cinema — disse Toba.
— Você pode ser o protagonista.
— Está doido — disse Marvin. — Não tenho a menor idéia disso, e nem gosto.
— Acho que você seria um bom ator.
Marvin fechou a cara e olhou para o Toba. Toba deu de ombros.
— Amanhã mostro a câmara e depois conversamos — disse Marvin.

Nessa noite fui visitar a Olga, sabia que ela e Marvin tinham sido colegas de colégio e ainda eram bons amigos. O marido da Olga abriu-me a porta com cara contrariada. Ajudei Olga a trazer as cadeiras e nos sentamos na varanda. Ela falou que Marvin tinha ligado mas que ainda não o vira. Expliquei sobre a câmara e o filme e prometeu me ajudar.
— Tenho um personagem que é perfeito para você — falei.
— Não me meta nisso — disse ela.
— E o figurino?
— Isso é diferente — disse ela. — Como é o filme?
— Pensei num *western*, mas o problema é conseguir os cavalos.
— Faça com burros — disse maliciosa.
Fiquei pensativo um instante.
— A ação poderia se passar toda em lugares fechados... Alguns pistoleiros se encontram num bar de Montana e fazem amizade: conversam, bebem uísque, jogam pôquer e são desafiados por outros pistoleiros os quais acabam eliminando (tudo isso acontece dentro do bar). Há um corte e em seguida são vistos fazendo a barba (dentro de um quarto de hotel em Montana), ali decidem procurar ouro juntos (poderia haver uma cena em que entram na mina caminhando. Não são necessários cavalos dentro de uma mina). Tudo vai às mil maravilhas entre os pistoleiros até que uma loira (que encontram num outro bar de Montana) causa a discórdia (dorme com um e depois com outro, no mesmo quarto

de hotel em Montana). Ao final, acabam se matando a tiros (numa rua deserta. Supõe-se que os cavalos estão no final da rua, que não aparece no plano). Podemos gravar relinchos e usar como fundo.

— Por que Montana?
— É a cidade do Red Ryder.
— Quem é esse?
— O melhor caubói do mundo... Você não lê gibis? — Ela nega com a cabeça. — Esquece. Olha, que tecido é bom para fazer um capote?
— Se for de pistoleiro poderia ser um dril... A propósito, como se chamará o filme?
— Bucho e Cadelão.

Ela acha graça. Repete uma e outra vez o nome e em seguida chama o marido e conta para ele. Ele não acha graça.

— Você certamente é o Cadelão — diz o marido. — Quem é o Bucho?
— O Ciro — diz Olga ainda rindo.

Ciro adorou a idéia do *western* mas disse que achava difícil realizá-lo. Depois de uma breve discussão desisti do *western* e propus que fizéssemos o filme sobre uma estrela do *rock* tipo Sid Vicious mas ambientada em Cidade Imóvel.

— Isso já foi feito — disse Ciro.

Expliquei que a minha idéia era contar a história de um garoto anônimo que sonhava ser uma estrela do *rock*. O menino nem sequer tinha uma banda, não cantava nem tocava instrumento algum. Só andava por sua anônima cidade vestido de preto e era uma lenda para os seus amigos do bairro.

— Isso me soa familiar — disse.
— Poderíamos pedir ao Franco que empreste o Ratapeona como locação.
— E qual é a graça do filme?
— O garoto se inscreve num concurso cujo prêmio é uma viagem a Nova York com todas as despesas pagas para conhecer o Kurt Cobain e ser convidado especial num *show* do Nirvana.

— Acha que o Kurt se meteria numa dessas?

— Essa não é a questão, Ciro.

— Claro que é — diz com desagrado. — Um mariquinha tipo Alejandro Sanz ou Enrique Iglesias não teria problemas em dar o rabo para que as meninas soltem gritinhos mas o Kurt tem colhões, ele cortaria o pescoço do ganhador do concurso.

— Então o que sugere?

— Uma cena em que o garoto anônimo navegue com uma serra elétrica por um mar de braços. Outra em que o garoto anônimo arranque todos os dentes da sua mãe e faça um colar. Um garoto desta cidade só fica famoso se virar assassino.

CIDADE IMÓVEL. ABRIL-92

Música do Pearl Jam

    A festa era no apartamento da Carmen. Quando cheguei havia um alvoroço porque o Toba tinha tirado o pau para fora a pedido da Carmen e ela tentava medir o tamanho do dito-cujo com uma régua. O pau do Toba pendia como um chouriço escuro enquanto ele, chapado, balançava na frente da Carmen como uma palmeira na tempestade. Cheguei à conclusão de que os paus são a coisa mais feia que existe. Toni estava tirando fotos de lembrança. Nesse momento chegou Sergio, o namorado da Carmen, e antes que alguém pudesse impedir afastou a Carmen e as outras garotas que rodeavam Toba e lhe deu um pontapé no saco. Toba se encolheu de dor e rodopiou no chão. Fran segurou o Sergio para impedir que voltasse a bater no Toba. Toba demorou vários minutos para se recompor e quando conseguiu foi se sentar num canto e ali passou o resto da festa. Sergio, uma vez passada a raiva, foi se desculpar com Toba e tentou tirá-lo do canto mas Toba continuou lá, com o olhar perdido e a expressão mais estúpida que já vi. Na primeira oportunidade, perguntei ao Sergio o que o tinha deixado tão puto.
    — Achei que ela estava chupando — disse Sergio.
    Carmen veio atrás do Sergio e o tirou para dançar. Pensei em uma certa garota, no seu jeito de ser. Não gostava de festas, preferia ir a um lugar calmo onde se pudesse conversar. Olhei ao redor e vi toda aquela gente com a qual tinha compartilhado a maior parte da minha existência e de repente me senti numa

dimensão desconhecida. Alguém veio por trás e me tampou os olhos, eram mãos pequenas que cheiravam a sabonete Johnson's misturado com alho. Não consegui adivinhar.

— Chateado?

Era a Ana. Tínhamos transado na noite anterior e a última coisa que eu queria era vê-la.

— Um pouco — falei.

— Quer dançar?

— Talvez mais tarde — disse.

Ela me deu um beijo na boca e foi cumprimentar a Carmen e o resto.

Encontrei Ciro na praça. Estava deitado no banco de sempre. Levantou-se quando me viu. Perguntou sobre a festa e eu lhe disse que estava um nojo. Falei que tinha uma nova idéia para o filme.

— Vai se chamar *Versão de sujeitos ao entardecer.*

— Bom título — disse ele. — E qual é o tema?

— Um escritor frustrado se encontra num bar com um desconhecido e ficam conversando. O desconhecido, segundo sua própria versão, está na cidade a negócios e é a primeira vez que vem. O escritor conta sua história e o desconhecido diz que trabalha numa editora importante e pode ajudá-lo. O escritor o convida para tomar uma garrafa de uísque e continuam conversando até o bar fechar. Ao se despedirem, o escritor quer acompanhar o desconhecido até o seu hotel mas este se nega e combinam um encontro para o dia seguinte. No dia seguinte o escritor e um pianista amigo dele se encontram com o desconhecido e o convidam para almoçar. O desconhecido diz que tem relações com pessoas da televisão que podem ajudar o pianista. Assim dia após dia o escritor apresenta os amigos (todos com talento mas sem sorte) para o desconhecido e este sempre tem algum contato que vai torná-los famosos. A coisa se estende por vários dias e o escritor e seus amigos já estão fartos de convidar o desconhecido para almoços e noitadas sem resultado. Ninguém sabe em que hotel está hospedado nem quando vai embora. Ele enrola dizendo que já fez contatos por telefone e que a qualquer momento vão chegar uns amigos a Cidade Imóvel para falar com eles. Tudo chega ao fim numa noite em que, depois de lhe pagarem a farra, o escritor segue o desconhecido e descobre-se que ele vive num hotelzinho da rua Medialuna. Depois o escritor e seus amigos averiguam que o desconhecido é na verdade um alfaiate do sul do país que está em Cidade Imóvel fugindo de um crime.

— É um assassino?

— Eu já disse que era alfaiate. Mas acontece que matou a mulher porque ela o enganava com seu melhor amigo.

— E como termina o filme?

— Quando o desconhecido abre o jogo com o escritor, pensa que este vai entregá-lo à polícia mas para sua surpresa o escritor o parabeniza por ter matado a traidora e o leva para morar na sua casa. No final o desconhecido (que a essa altura já não o é) seduz a mãe do escritor (que é viúva) e o escritor o mata.

— Por transar com a mãe dele?

— Nãooooo... Eu falei que o desconhecido era alfaiate e por isso o escritor lhe encomenda um conserto na sua calça favorita, mas quando ele a prova...

— Fica curta!

— Exatamente. Como adivinhou?

— Eu também mataria por isso.

Olga gostou da história e aceitou colaborar com o figurino (ela trabalhava na Benetton e podia pegar a roupa às escondidas), só criticava que fizéssemos apologia do crime do alfaiate.

— Mas ela o traiu — diz Marvin.

— Não seria suficiente uma surra? — diz Olga.

— Se a deixar viva, ela vai correndo procurar outro — diz Ciro. — Percebe?... Qualquer um se recupera de uma surra.

— Acho exagerado o escritor parabenizá-lo pelo crime — diz Marvin tentando apoiar um pouco Olga.

— Quando alguém trai não mede os estragos — diz o marido da Olga que até então parecia concentrado na televisão. — O que mais dói é ter falhado, ter depositado a confiança na pessoa errada.

— E o que adianta matá-la? — pergunta Olga com vivo interesse.

O marido não responde e Olga crava os olhos em mim.

— Quando uma mulher trai um homem ela o expõe diante dos outros homens. Isso é o pior e acho que dá a ele todo o direito de tirar-lhe a vida.

— Concordo com o Rep — diz Ciro. — Matá-la é apagar a traição, é a única coisa que devolve o respeito. É melhor ser assassino do que idiota.

— E se o homem trai a mulher?

— É diferente, Olga — diz o marido.

— Por que é diferente?

Todo o mundo olha para o marido esperando a resposta, mas ele apenas sorri com o olhar fixo em Olga e em seguida dá um beijo nela e se enfia na cozinha.

CIDADE IMÓVEL. JUNHO-92

Há três regras: 1. Sempre há uma vítima. 2. Procure que não seja você. 3. Não se esqueça da segunda regra

Encontrei Julia no supermercado. Tinha perdido uns cinqüenta quilos e começava a ficar melhor. Sempre imaginei que havia alguma coisa interessante debaixo daquele monte de banha e não tinha me enganado. As tetas tinham diminuído bastante mas a bunda, que era o melhor que Julia tinha, continuava intacta. Julia era prima de uma certa garota e, a meu pesar, o assunto foi inevitável. Contou que uma certa garota e o Ramón (o maldito inseto) tinham se casado há dois meses e viajaram para os EUA para trabalhar com o Daniel (tio de uma certa garota que tinha uma loja de música latina em algum ponto de Los Angeles). Daniel e eu tínhamos sido grandes amigos antes de ele ir para os EUA. Primeiro trabalhou em Miami e depois, com o dinheiro economizado, foi para Los Angeles e montou o negócio. Depois de algum tempo em Los Angeles casou com uma gringa e vieram passar a lua-de-mel em Cidade Imóvel. Diane, a gringa, era proprietária de um antiquário. Ela e uma certa garota (que dominava o inglês e tantas outras coisas) se tornaram boas amigas. Antes de voltar para os EUA, Daniel propôs que fôssemos trabalhar com ele. Queria ajudar Diane com o antiquário e precisava de pessoas de confiança no seu negócio. Disse que podia nos ajudar com o visto e as passagens aéreas. Uma certa garota prometeu que pensaria mas depois que eles foram embora me disse que não podia abandonar a mãe. De nada adiantou lembrar-lhe que fora a mãe quem tinha puxado o assunto com o Daniel.

Julia, enquanto jogava coisas no carrinho, falava e falava de como uma certa garota era boa. Senti o estômago queimar mas mantive o sorriso e o ar indiferente. Ela descreveu avidamente os pormenores do casamento e as belas fotografias que tiraram de Ramón e uma certa garota. Comentei que um casamento entre um nanico e uma princesa não tinha estilo e estava mais para o grotesco. Ela disse que eles pareciam apaixonados e acrescentou, com petulância, que estavam na moda casais em que o homem era mais baixo e até se permitiu compará-los com Tom Cruise e Nicole Kidman. Para mudar de assunto me referi em tom malicioso à sua nova aparência. Falei que toda a gordura tinha ido para a bunda. Ela ficou vermelha e, apesar do esforço, não conseguiu evitar as lágrimas. Então pegou o carrinho e, furiosa, o empurrou para longe de mim. Foi a última vez que falei com Julia.

Os apaixonados tendem a três coisas: 1. Dizer que o sexo não é o mais importante entre eles. 2. Fazer-se promessas incríveis. 3. Elaborar todo tipo de planos para um futuro brilhante. Quando se faz planos com alguém amado pode-se imaginar qualquer coisa menos que esses planos possam se realizar com outra pessoa. A gente considera que cada promessa feita é única e imortal, que a palavra empenhada vale mais do que o amor. Mas assim que o sexo (que tinha tão pouca importância) decai, o resto se dissipa. Aqui aparece (como por encanto) um insignificante homenzinho que sem alardes nos mostra quão pouco abelhudos somos e o quanto ele é esperto. O miserável inseto (zangão?) não só me tirou uma certa garota mas também empatou o meu sonho americano. Justiça seja feita, ele nunca disse que não faria isso. Já uma certa garota jurou que nunca se transformaria numa mulherzinha caseira, que não teria filhos, que ia ser atriz e poderíamos ser eternos companheiros de vôo (claro que os meus vôos com ela não passaram do ônibus que nos levava da casa dela ao centro de Cidade Imóvel e outra vez à casa dela). A palavra vôo, segundo uma certa garota, representava sua liberdade abstrata. E eu, ao contrário do desgraçado inseto-zangão, engoli a lorota. Os abelhudos deste mundo sabem que a única liberdade abstrata é uma passagem grátis com destino a Los Angeles.

Alonso e Fran empurraram outra vez a caminhonete e ela rodou rua abaixo com a minha mãe ao volante. Acompanhei o movimento com a câmara até que a caminhonete parou. Minha mãe desceu esbaforida e disse que precisava preparar o almoço. Tentei convencê-la a fazer uma última tomada mas foi impossível. Acompanhei-a até o táxi e voltei à praça. A equipe estava jogada num banco, Alonso e Fran eram os mais exaustos. Disse a eles que faltavam a cena em que o pianista fazia sexo com a prostituta e a do escritor matando o alfaiate. Ciro disse que nem Carmen nem Olga tinham aceitado fazer o papel da prostituta.

— E a Lina?
— O Toni ficou de falar com ela.
— E a minha mãe?
— Você quer colocá-la no papel da prostituta?
— Não, idiota, quero saber o que acharam.
— Representa melhor do que todos.
— Para mim o melhor é o Marvin — disse.
— Tenho que devolver a caminhonete — disse Fran.

A caminhonete era do avô do Fran e ele a pegara sem permissão. Nós a usamos para gravar a cena em que a mãe do escritor (vivida pela minha mãe) fugia logo depois de discutir com o filho por causa do alfaiate. Como a minha mãe não sabia dirigir, tivemos que empurrar a caminhonete e fazê-la rodar rua abaixo. O plano A tinha sido esconder o Fran na caminhonete para que a ligasse e manejasse os pedais e as marchas (minha mãe só precisava segurar o volante), mas na primeira tentativa minha mãe girou demais o volante e a caminhonete em vez de baixar pela rua entrou na praça e quase atropela a equipe de filmagem. Optou-se então pelo plano B.

A vantagem de mandar Toni para falar com a Lina era que ela era louca por ele. A desvantagem era que Toni detestava Lina. Quando chegaram ao apartamento do Gustavo (o pianista) e a Lina falou que aceitava fazer a prostituta, comecei a pular feito louco. Olga se encarregou de vesti-la e maquiá-la enquanto Ciro lhe ensinava as três linhas que devia repetir. Lina foi uma ótima atriz, pelo menos para esse papel. Quando terminamos de gravar procurei Toni para agradecer, mas ele tinha ido embora. Nessa noite reuni a equipe e os fiz jurar que nunca perguntariam ao Toni o que ele tinha feito para convencer Lina.

Editar o filme foi mais complicado do que rodá-lo. Trabalhei com dois VHS e uma tevê. Cada trinta segundos de montagem levavam oito horas. O mais difícil era conseguir juntar um plano com outro. O som era horrível porque o defeito no microfone produzia um apito que por mais que eu tentasse esconder sob um fundo musical continuava incólume. Passei um mês nisso e pouco a pouco consegui dar algum sentido à trama. Quando a apresentei à equipe eu estava nervoso, mas pareceram captar a história e concluímos que estava apresentável. Decidimos alugar um projetor e fazer a estréia no Ratapeona. O idiota que fazia a seção cultural do jornal (o único que havia em Cidade Imóvel) escreveu uma matéria sobre o filme (que não tinha visto) e anunciou a projeção. Um monte de gente compareceu e houve muitos comentários (a maioria venenosos) mas o que consegui perceber foi que ninguém tinha entendido o filme. Não se tratava de que entendessem o significado profundo, isso teria me importado menos, mas a simples história. E tinham razão de não entender por que, como o Ciro disse depois, a simples história era mais complicada do que o sexo das lombrigas.

CIDADE IMÓVEL. JULHO-92

Música do Alice in Chains

— É flanela?
— Pura como o coração de uma ratazana.
— É do caralho — disse Toni.
Ciro tinha esperado seis meses por aquele pedaço de tecido. Era um tecido vagabundo que seis meses antes vendiam no Woolworth's e no K-Mart (os hipermercados mais vagabundos que havia nos EUA) e que agora, graças ao Kurt Cobain e toda a onda do *grunge*, era quase um tesouro. *Bleach*, o primeiro CD do Nirvana, não tinha feito muito estardalhaço mas com o *Nevermind* estavam tocando em todos os cantos. *Smells like teen spirit*, uma música áspera e delirante, tinha riscado Michael Jackson do mapa: já não era mais branco, era invisível. Em Cidade Imóvel as pessoas preferem comer caranguejos e deitar na rede para arrotar. Outros saem em busca de turistas (que estendidos sob o ardente sol caribenho parecem camarões gigantes) para vender quinquilharias afrodisíacas (a única coisa que aquele lixo estimula são as amebas). Como dá para imaginar, aqui os interessados em *rock* e suas tendências se contam nos dedos de uma mão. Seu deus, no melhor dos casos, é Joe Arroyo, um mulato gordo, cheio de amebas e *swing* antilhano. A maioria adora um tal de Diomedes Díaz (uma espécie de toucinho peludo embrulhado em papel de presente). Em Cidade Imóvel não usar *guayabera* e calça com pregas é estranho. Não gostam de mudar, sentem-se confortáveis balançando nas

suas redes em frente a um mar que nesta parte apodrece. Desde que não perturbem seu sono, podem ficar com tudo.

— O que vai fazer com a flanela?

— Uma camisa — diz Ciro. — Para usar com a saia escocesa.

— Sua mãe vai morrer — diz Toni.

— Lá vem o Gnomo — diz Ciro.

O Gnomo é o Alonso, e o chamamos assim porque quando fica chapado consegue falar com os gnomos. Uma vez também deu para para competir com Bach. Queria fazer uma fuga a oito vozes (porque Bach tinha incluído uma fuga a seis vozes no seu famoso *Ofertório musical* e aquilo era considerado uma proeza). Então saiu à meia-noite, gravador em punho, e se deitou ao lado de um banhado para gravar os sapos. Nunca ouvi a gravação mas soube que a enviou para a CBS e ainda está esperando resposta.

— Só faltam Marvin e Toba — disse.

— Vamos começar sem eles — disse Alonso.

A conversa dos três caminhantes era o nome do romance de Peter Weiss que o Alonso tinha adaptado para o teatro. Eu, Ciro e Fran fazíamos os personagens centrais. Marvin era um guarda florestal e Toba, a mulher dele. A peça me parecia boa mas ia ser apresentada num jardim-de-infância (a namorada do Alonso tinha conseguido o contrato) e eu não acreditava que crianças de três ou quatro anos (a menos que fossem projetadas para a Nasa) pudessem entender o Weiss. A namorada do Alonso sugeriu montar alguma fábula do Pombo mas o gênio do Alonso (uma vez numa festa ele me chamou de lado e cochichou: *Sou o homem mais importante do planeta. Você guarda esse segredo?* E não me deixou em paz até que jurei mil vezes guardar o segredo) não podia se conformar com uma coisa tão simples. Ensaiamos durante um mês, o que para Alonso foi uma eternidade (tinha montado uma versão do *Rei Lear* em duas semanas. Claro que nessa peça ele fazia todos os personagens), e contra todas as previsões divertimos as crianças (enquanto nós recitávamos as complicadas falas de Weiss, as crianças jogavam todo tipo de coisa na gente. Alguém acertou um pedaço de gelo no Toba e lhe abriu a sobrancelha). No final, Alonso dividiu o dinheiro e cada um teve que ceder uma parte para os sete pontos de sutura que a sobrancelha do Toba precisou levar.

Depois de tentar o cinema, o teatro e mais algumas outras coisas, decidi montar uma empresa que chamei de Produções Fracasso Ltda. Ciro foi o único que aceitou fazer parte do projeto, o resto preferia trabalhar como *freelance. Onde for necessário um fracasso, lá estaremos,* rezava o flamejante lema da empresa e este era o seu único ativo. Durante algum tempo a coisa ficou parada e só nos encontrávamos para beber. Quando julguei que era propício, comecei a medir o terreno com a idéia de um novo filme. Não houve muito entusiasmo. Disse que a minha mãe (que tinha pegado gosto pela atuação) podia conseguir uma câmara mais profissional com um amigo dela, que desta vez seria um filme de verdade. Toba mordeu a isca.

— E que história tem em mente?
— Vai ser uma coisa simples.
— Não tem o roteiro?
— Ainda não, mas posso ir escrevendo enquanto...
— Droga, Rep. Enquanto não tiver o roteiro não vamos levantar um dedo.

Uma das coisas a que se atribuía o fracasso do filme anterior era que tinha sido feito no improviso. Fora uma breve sinopse e algumas poucas cenas, os diálogos de *Versão de sujeitos ao entardecer* tinham sido escritos um pouco antes de começar a gravar. Provavelmente eles tinham razão.

A primeira coisa que me veio do novo filme foi o título: *A morte de Sócrates*. Por que Sócrates? Porque apesar de ser feio e pobre era íntegro. Tinha conseguido ser um durão com o poder da sua mente. Sócrates era como o *Pibe* Valderrama, seu caráter não tinha fissuras. Como Sócrates tinha sido — no meu modo de ver — o inventor da entrevista, tive a idéia de fazer o roteiro em forma de entrevista. Outra contribuição de Sócrates fora o gênero policial e também o coloquei na história. A trama era simples e mais ou menos fácil de ser transposta para o vídeo. Tratava-se de um cara chamado Rep que graças ao seu talento tinha saído de Cidade Imóvel e vivia em Nova York (muito mais *cream* que Los Angeles) onde era considerado um dos papas da arte contemporânea. Big Rep, como o personagem era chamado, vivia numa mansão de segurança máxima e só confiava em Ferdinand, um criado filipino que o acompanhava a toda parte. Big Rep dominava todas as artes e alguns esportes, sua fortuna era incalculável e, ao contrário de todas as celebridades, ninguém o tinha fotografado nu. Diziam que a revista *Playguys* estava disposta a pagar um milhão de dólares pelas fotos. Dividi o roteiro em duas partes: a primeira era uma entrevista que Big Rep dava para uma revista de pequena circulação chamada *Cachorro Morto*. A entrevista é feita por um casal de jovens. Big Rep simpatiza com a garota (loira e muito bonita) e a seduz. A segunda parte é o desenlace dessa sedução.

A história convenceu todo mundo (Alonso disse que fazer o Big Rep seria meu único contato com a fama). Ciro foi escolhido para fazer o jornalista e Elena (uma bogotana que Toba tinha pescado em Playa Blanca) faria a fotógrafa. Coloquei a minha mãe (que tinha conseguido a câmara) como camareira do Big Rep e Alonso seria o chefe da segurança. Na última sexta-feira daquele julho começamos a rodar com uma Sony 3000 (que tínhamos que devolver em três dias) *A morte de Sócrates*.

3
A MORTE DE SÓCRATES

— Dizem que são da revista Cachorro Morto, senhor.
— Diga a eles que se sentem e esperem.

O criado, um filipino miúdo, sai fazendo reverências e segurando a vontade de rir. Deixo a Nabiha acabar de me bater uma punheta e depois de tomar banho saio nu para cumprimentá-los. Os olhos da garota passam como uma rajada pelo meu sexo e param numa pintura de Goya. O garoto mexe as mãos como se fosse dizer alguma coisa mas não encontra as palavras adequadas.

— Desculpem, pensei que eram outras pessoas.

Enquanto me visto os ouço discutindo. O garoto repreende a garota por não ter sido capaz de tirar uma foto minha.

— Era a oportunidade da sua vida — diz. — Nunca o fotografaram assim, nem quando era um joão-ninguém aceitava posar nu.

— Fui pega de surpresa — diz a garota. — Como ia imaginar que ia aparecer...?

— Mas... Que diabo, você tem razão, foi insólito.

Fixo a vista no quadro. Uma empregada serve as bebidas. A garota é bonita, muito bonita.

Estamos na salinha de entrevistas. O garoto bebe Jack Daniels, a garota suco de cenoura. Freda (um de meus onze gatos) pula e se acomoda nas pernas do garoto, ele a acaricia e ela ronrona. É uma dupla de novatos, o tipo de gente que o meu agente odeia que eu atenda. Sua revista deve ter menos público do que uma rã atropelada numa avenida fervilhante. A garota não pára de me açoitar com sua velha Yashica. O garoto examina uns papéis, ainda não encontra o caminho. Eles me fazem recordar os velhos tempos. Depois de vários goles de Jack Daniels, o garoto se sente preparado e começa.

C.M.: A que atribui sua fama?

Eu: Há duas razões prováveis. A primeira é que nunca limpo a bunda e a outra é que estou há dois anos e meio com a mesma cueca (a garota ri, o garoto está pálido como vômito de bebê).

C.M.: Li que vai trabalhar com Sean Penn e Betsy Brantley no novo filme do Jim Jarmusch.

Eu: É uma espécie de *western* contemporâneo sobre um pistoleiro chamado Bill Malone (interpretado pelo Sean) cujo sonho é encontrar a Emily Dickinson e meter o pepino nela enquanto ela recita *É coisa fácil chorar, coisa breve o suspirar. E entretanto, por obrigações desse tamanho, nós, homens e mulheres, morremos.* Jarmusch é um cara estranho, nunca dá explicações. Seus roteiros estão cheios de silêncio... Nesse filme nunca se sabe por que um pistoleiro estúpido quer conquistar a Emily Dickinson. Sean tentou tirar alguma coisa dele, disse que precisava de informação sobre o tal Bill Malone, e Jarmusch respondeu que não sabia quem diabos era esse... E, na verdade, acho que realmente não sabia. Ele se importa mais com os vazios entre as cenas e com a música do que com as suas malditas criaturas. Ele é presa da irresponsabilidade e isto o faz genial.

C.M.: Qual é o seu personagem?

Eu: Sou uma espécie de gigolô que viaja de vilarejo em vilarejo enganando mulheres. Malone me odeia e me persegue porque, sem saber, transei com sua mãe, sua mulher e sua filha. A graça da coisa está em que os personagens se encontram e ficam amigos do peito sem saber quem são. Ao final o Malone descobre que aquele cara que ama é o seu mais odiado inimigo.

C.M.: Você se considera bom amante?

Eu: Filho, não deixe que essas coisas tirem o seu sono. Você já foi ao zoológico, não? Também fui e aprendi muito. Vi um mico metendo na sua fêmea e ela suspirando de satisfação. Vi nas ruas, de madrugada, dois ratos copulando felizes da vida. Ouvi como os gatos fazem seu inferno no telhado. Vi um pássaro metendo na sua pássara sem necessidade de manual. Por que eu não iria fazê-lo bem? Por que você ia ter complicações? Trata-se de mulheres, posso garantir que uma mosca oferece mais dificuldade. A mulher fala de amantes perfeitos mas um amante perfeito é perfeito para si mesmo. Se você se preocupar em ficar bem com elas, vai acabar seco e entediado. De minha parte só procuro mantê-lo ereto o máximo possível e depois solto a cuspida. Se até os historiadores e caixas de banco ejaculam, por que não iria fazê-lo uma mosca?

C.M.: O que pensa da guerra?

Eu: A mesma coisa que penso dos aquecedores sob medida.

C.M.: O quê?

Eu: Se você for vendedor de armas, dono de funerária ou um menino que odeia ir à escola, a guerra pode parecer fantástica. Se você for soldado e sabe que vão amassar as suas bolas...

C.M.: O que você dizia sobre os aquecedores sob medida?

Eu: Se sua mulher quiser um e você tiver dinheiro, por que não fazê-la feliz?

C.M.: O que isso tem que ver com a guerra?

Eu: Não sei. Observem que algumas tribos, para caçar orangotangos, fazem buracos em abóboras, tiram a polpa e as preenchem com amendoins. Assim que o orangotango sente o cheiro, vai até a abóbora, enfia a mão, pega um punhado de amendoins e já não consegue escapar.

C.M.: O que tem a dizer sobre seu próximo livro?

Eu: É sobre um cara que inventa uma substância que pode fazer qualquer um ficar invisível quando toma um gole e sai para vendê-la. Encontra o primeiro cliente. Este se interessa mas quer provar a substância antes de comprá-la. O cara lhe passa a garrafa e o cliente toma um gole. O cliente pergunta se consegue vê-lo e o cara diz que não. O cliente começa a correr com a garrafa na mão. O cara não vai atrás dele. Aí acaba a primeira parte e em seguida vem uma série de perguntas para o leitor tipo por que você acha que o cara não perseguiu o cliente? Cada pergunta tem duas ou mais opções de resposta. Por exemplo, para essa primeira pergunta há o seguinte conjunto de respostas:

1. Para não se delatar.
2. Porque o líquido funcionou.

Ao escolher a resposta, o leitor não descobre o caráter do personagem em questão mas o seu. Só se pode ser sonhador ou trapaceiro, o resto é retórica.

C.M.: (desta vez é a garota) Queria saber o que fez o cliente ao notar que o cara não foi atrás dele.

Eu: Depende da resposta que o cliente escolher.

C.M.: (a garota) Digamos que escolha a número dois.

Eu: Isso lhe deixa as seguintes opções: ou foge com a substância ou volta e paga por ela. Tudo depende do caráter do cliente. É um relato em que o leitor acaba sendo o personagem.

C.M.: (a garota) As pessoas podem se perguntar por que o cara que inventou a substância não a usou em si mesmo.

Eu: Essa pergunta está no livro e vai seguida de outra que interroga o leitor sobre o que faria se pudesse tornar-se invisível. Você, o que faria?

A garota fica pensativa e sorri. O garoto aproveita e intervém mudando de assunto.

C.M.: Pensou em entrar para a política?

Eu: Faço isso toda manhã e depois tento me limpar o melhor possível.

C.M.: Qual a sua opinião a respeito de personagens do seu país como Gabriel García Márquez e Fernando Botero?

Eu: Nenhuma.

C.M.: Não pode negar que são luminares reconhecidos internacionalmente.

Eu: Essa gente me lembra os luminares do sistema de iluminação pública que havia na rua onde nasci. Fazia séculos que tinham queimado e ninguém se preocupava em trocá-los, afinal, quando estavam funcionando também não serviam para porra nenhuma.

C.M.: Que personagens do seu país admira?

Eu: Kid Pambelé e René Higuita.

C.M.: O que pensa das mulheres?

Eu: Quando vou ao cinema, espero o letreiro que manda amassar os copos descartáveis, faço isto com verdadeiro prazer.

C.M.: De que tipo de leitura você gosta?

Eu: A punheta que há nas barbearias e salas de espera.

C.M.: Qual a sua opinião sobre o aumento de mulheres infiéis?

Eu: É óbvio que a mulher pode ser mais ativa sexualmente do que o homem. Recentemente li numa revista que as baratas seriam as únicas sobreviventes de um desastre nuclear.

C.M.: Qual a sua opinião sobre o aborto?

Eu: É um ato de piedade e pudor. Deveria haver tantos lugares dedicados a isso quantos há para vender refrigerantes.

C.M.: Por que você troca constantemente de mulher?

Eu: A maioria das fulanas com quem saio são apresentadoras de televisão e ninguém, a menos que seja um retardado, suportaria estar com elas mais de dez minutos seguidos.

C.M.: O que você considera insuportável?

Eu: As pessoas, e principalmente as pessoas queixosas. Nenhuma pessoa no mundo tem tanta merda quanto merece, então não deveria haver queixa em nenhum caso.

C.M.: Suas opiniões sobre a arte tiveram efeitos explosivos. O que pensa sobre isso?

Eu: Eu só falei que a música é uma arte que desapareceu no fim do século XIX, que a pintura acabou pouco depois e que a poesia não nasceu ainda, posto que só será possível quando o homem desaparecer. A poesia, conforme acredito, é alérgica ao homem.

C.M.: Que opinião tem a respeito do cinema e do romance?

Eu: O grosso do romance é serragem e grumo. Se o cinema é a sétima arte, o meu pau é a nona. O cinema é apenas sucata que pintam de dourado. Seu alcance é limitado como o cu de um colibri. Luzes e sucata para atrair fodidos mamíferos sem imaginação. O cinema, no melhor dos casos, não passa de um pouco de música e literatura, rebaixado e empacotado, para intelectuais ressecados. Para evitar que enterrem o romance será preciso tirá-lo do ataúde pomposo chamado literatura.

C.M.: Você faz cinema e escreve romances.

Eu: Imagine então as coisas que faço quando estou no banheiro. Um dos inventores do cinema chamou-o *Getthemoneygraph* (gravador para conseguir dinheiro), um nome extremamente apropriado.

C.M.: Então não gosta do cinema?

Eu: Eu não disse isso. Disse que não o considero arte no sentido que dou a essa palavra. Uma coisa é certa: não se pode pensar em cinema sem pensar em dinheiro. Outra não o é menos: não se pode pensar em dinheiro sem ser oportunista. O homem que faz arte pode ser oportunista, o homem que faz cinema deve sê-lo. Se eu só pudesse viver daquilo que considero arte já teria morrido, felizmente sou capaz de comer merda como qualquer habitante do planeta, só que não preciso disfarçá-la de caviar. Esta é minha diferença com relação ao resto do mundo: eles comem merda o tempo todo como se fosse caviar, então quando têm caviar verdadeiro no prato não notam. Notar as diferenças é o que me faz superior.

C.M.: Que livro tem na sua cabeceira?

Eu: *A morte de Sócrates*, de Anna Pegova.

C.M.: Você se considera misógino?

Eu: Às vezes é difícil para mim separar a mulher do sexual e lhe dar um significado único. Sua capacidade para sofrer e sua vocação de vítima me irritam. Com certeza há esplendor nela mas nada pode ser mais desprezível. Sei que o homem é melhor, não em qualquer coisa específica mas na dignidade última. Eu gosto delas, mas pensar nelas me cansa.

C.M.: (a garota) Acha que somos inferiores?

Eu: É inacreditável que queiram ser iguais ou melhores que o homem. É como se uma águia quisesse ser um frango congelado.

O garoto ri. Ela vai retrucar alguma coisa mas se trava e uma expressão boba se eterniza no seu rosto. O garoto volta ao ataque.

C.M.: Qual a sua opinião sobre o que está acontecendo no seu país?

Eu: Quanto melhor a cerveja mais fedida a cagada.

C.M.: Ouvi dizer que você tem fobia ao folclore do seu país.

Eu: Se folclore for uns caras horríveis fazendo barulho com um acordeão, então Teo Monk e Sex Pistols são todo o folclore de que necessito.

C.M.: (a garota) Apesar disso você é... Não é que eu pense assim mas...

Eu: Vamos, fale, fale!

C.M.: (a garota) Você é uma celebridade aqui mas não é gringo. Apesar do sucesso e do dinheiro não pode negar sua origem.

Eu: Claro que posso negá-la, nego-a totalmente. Acha que se eu fosse negro e tivesse uma filha ia entregá-la a um desgraçado de um negro? Acha que me sentiria orgulhoso se fosse índio? Se eu tivesse nascido mulher, teria dado um tiro na cabeça ao saber o que isso implica. Tampouco sou branco mas é o que teria escolhido se fosse possível. O que sou? Provavelmente alguma coisa que muitos gostariam de ver quando ficam na frente do espelho. Sou o deus que falhou.

C.M.: (a garota) Alguns acham que tudo isso é pose, que você fala assim para chamar a atenção.

Eu: Estou plenamente de acordo com essas opiniões.

C.M.: (a garota) O que pretende de fato?

Eu: Uma mulher com boas pernas. Encontrá-la é mais difícil do que parece: pernas longas, ligeiramente torneadas, ligeiramente sinuosas. Que nasçam no sexo e morram no dedão do pé. Sem gordura, varizes ou muito músculo. Esta, minha cara, é uma alquimia muito rara. Na minha longa vida de réptil buscabelaspernas não conheci mais que cinco ou seis mulheres que as tivessem.

C.M.: (o garoto) Faz uns anos você era visto em coquetéis e todo tipo de reunião intelectual, agora é quase um ermitão. A que se deve essa mudança?

Eu: Antes eu não tinha dinheiro, tinha que filar bebidas por aí. Agora que posso pagar uma bela puta, não tenho que agüentar velhas horríveis com presunções transcendentais.

C.M.: Você se considera auto-suficiente?

Eu: As coisas essenciais da vida são atos solitários: bater punheta, cagar e morrer. Poderia fazer tudo isso fechado no banheiro. No entanto, há outros cômodos numa casa.

C.M.: Que conselho daria às novas gerações?

Eu: Eu lhes sugiro a imortalidade do corpo e a venda da alma, que freqüentem os açougues em vez de visitar igrejas.

C.M.: O que pensa do amor?

Eu: É um assunto de velocidade: se não andar rápido, fodem com você. Todas essas garotas do rabo ou do dinheiro esperam você sair, apontam as balas de prata diretamente para o seu coração e se você não for na sua própria velocidade acabará delirando numa calçada como Dom Quixote ou talvez se transforme num cão que de tanto apanhar a única coisa que sabe fazer é se proteger.

C.M.: O que acha dos gringos?

Eu: Gosto de ver beisebol e guerra na televisão. A forma como usam as câmaras é incrível. Sofri muito com a história da greve dos jogadores de beisebol e quando interromperam a anunciada invasão do Haiti. Felizmente o beisebol voltou. O outro assunto não me preocupa: nunca faltarão países pequenos e pobres para os gringos massacrarem.

C.M.: O que acha das mulheres com talento?

Eu: Acho que cozinham bem.

C.M.: Você se considera egoísta?

Eu: Nunca vou caminhar três quilômetros debaixo do sol forte para salvar os botos cor-de-rosa, os botos que cuidem do seu próprio nariz. No entanto eu poderia atravessar o deserto por nada, por pura e física incapacidade de impedir a caminhada. Se há coisa que eu odeio é uma coisa feita com propósito.

C.M.: Que personagem histórico gostaria de interpretar?

Eu: Eu gostaria de ser Sócrates. Esperem um instante (vou até o meu quarto e pego o livro de Anna Pegova). Vou ler um trecho para vocês: *O encarregado, que tinha se afeiçoado a Sócrates, entregou-lhe a cicuta com lágrimas nos olhos. Disse que ele tinha até o pôr do sol para bebê-la. Sócrates levou a taça aos lábios. Críton o deteve, disse que ainda tinha um pouco de tempo para aproveitar. Sócrates disse: Caro Críton, entendo suas razões mas você sabe que o meu negócio aqui é a morte e não quero roubar-lhe minutos, a vida já me é fartamente conhecida. Sócrates chamou o encarregado para perguntar como deveria agir uma vez ingerido o veneno. O encarregado disse que caminhasse um pouco e assim que sentisse as pernas pesadas deveria deitar-se. Sócrates esvaziou a taça com serenidade, os amigos irromperam em pranto. Sócrates disse: Foi para evitar esse tipo de tolices que fiz as mulheres saírem. Não sei nada da morte e me é grato aproximar-me do seu mistério. Críton e os outros procuraram acalmar-se. Sócrates sentiu as pernas pesadas e se deitou. Pouco antes de expirar pronunciou as seguintes palavras: Críton, devemos um galo a Esculápio. Não se esqueça de pagar.* Anna Pegova trabalhou vinte anos num imundo salão de beleza. Sabem o que fazia? Limpava rostos, mãos e pés de desconhecidos. Extraiu acne, com um aparelho que ela mesma inventou, de três gerações de atorzinhos e modeletes. Agora é *best-seller* com este livro sobre as últimas horas de Sócrates.

C.M.: (a garota) Você se interessa por filosofia antiga?

Eu: Que diabos tem Sócrates a ver com isso? Ele era só um cara afável que ensinava coisas como o valor e a dignidade aos meninos do seu bairro, e por isso o foderam. Seu pai trabalhava numa pedreira e sua mulher lavava roupa para fora. As últimas palavras que pronunciou foram para lembrar uma dívida. Não há muitos caras como ele.

C.M.: (o garoto) Esteve apaixonado alguma vez?

Eu: Sim, por um cocô minguante. Pensar que quase apodreci quando foi embora me faz sentir um cocô crescente.

C.M.: O que lhe desagrada nos grandes escritores deste século?

Eu: Que, com exceção de Bukowski e um servidor, todos escreveram para o século passado. A literatura lhes interessava mais do que a vida. Nós temos um exemplo disso em García Márquez: não apenas repete a mesma conversa fiada livro após livro como ele próprio parece um papagaio empalhado. Todo mundo no meu país sabe o nome dele mas ninguém, muito menos os jovens, o lê.

C.M.: O que acha dos homossexuais?

Eu: Que diabos posso achar? Se você quer que um trator entre pela porta traseira da sua casa é problema seu. Se alguém odeia os tratores está no seu direito. Capote não é importante por engolir rola mas sim por escrever.

C.M.: O que alguém deve ter para que você o considere um artista?

Eu: Ser um vivedor. Um escritor é quem escreve, um pintor quem pinta, um vivedor quem vive. Hoje qualquer um é chamado de artista. Um mico de telenovela, uma bichinha de museu, uma puta de revista. Qualquer um que grite pode ser chamado de artista. Conheci pessoas por aí sem ofício algum e no entanto cheias de uma vitalidade extraordinária, para mim são artistas. Note-se que um escritor famoso com o tempo pode degenerar em múmia de eventos sociais ou num babaca da televisão. Já o artista não tem opção, é um fracasso à prova de eternidades. Não sei o quanto Beckett terá sido bom escritor, sei que era um artista. Se Botero é artista, meu pau é de ouro puro. Um ator, cantor etc. podem ser chamados de artistas sim, mas no mesmo sentido que uma merda de cachorro também poderia.

C.M.: Por que nunca fala da sua infância?

Eu: Não tenho muitas lembranças... Meu pai era professor de física numa escola pública. Sempre ficava lendo em voz alta. Ouçam isto (fecho os olhos para me concentrar): *O que é, na verdade, PENSAR? Quando, ao receber impressões sensoriais, emergem imagens da memória, não se trata ainda de PENSAMENTO. Quando essas imagens formam seqüências, com cada um dos elos evocando outro, ainda não se pode falar de PENSAMENTO. Só quando uma determinada imagem reaparece em muitas seqüências, torna-se, precisamente em virtude de sua recorrência, um elemento ordenador dessas sucessões, conectando seqüências que por si eram desconexas. Um elemento assim transforma-se em ferramenta, em conceito. Tenho para mim que a passagem da associação livre ou do SONHAR ao pensamento se caracteriza pelo papel mais ou menos dominante que desempenhe ali o CONCEITO. A rigor, não é necessário que um conceito esteja unido a um signo sensorialmente perceptível e reprodutível (palavra): mas, se for assim, então o pensamento se faz comunicável.* Isso é do Einstein, aprendi quando tinha seis anos e todo mundo, até o meu pai, pensava que eu seria um gênio. Sou como os atores, posso repetir qualquer coisa sem nunca entendê-la.

C.M.: O que aconteceu com o seu pai?

Eu: Foi esmagado por um ônibus ao voltar da aula. Ele tinha me dado um gato de presente poucos dias antes e pus seu nome nele. O gato morreu de velho.

C.M.: (a garota) Isso explica sua afeição pelos gatos...

Eu: Em parte... Os gatos são criaturas sóbrias que na medida do possível procuram esconder a merda. Nós ao contrário abrimos livrarias, museus, cinemas e todo tipo de lugares para mostrá-la.

C.M.: Que outra lembrança tem do seu pai?

Eu: Ouçam isto: *Transportar um pensamento não significa compartilhá-lo. Para que um pensamento vincule dois ou mais sujeitos, deve ser decifrado por todos e isso não é freqüente. Vincular é diferente de aceitar, o grosso do que chamamos comunicar não passa de repetição e obediência. Vivemos de pactos referenciais, de estrita mecânica. TREINAMENTO é o nome do jogo sublime que alguns ainda chamam VIDA. Todos falam com propriedade sobre o amor, a liberdade, os sonhos etc. Poucos conseguem entender simples equações. A palavra, por ser um elemento cotidiano, nos parece penetrável. E isso é um engano, a palavra é mais hermética do que a física moderna, a palavra é uma armadilha mortal. O que acham?*

C.M.: (a garota) Einstein era um gênio, sem dúvida.

Eu: É meu, escrevi porque não compreendia Einstein, mas também não entendo isto. É incrível como as palavras podem imitar a sabedoria. Escrevi um monte de fragmentos desse tipo e vou juntá-los num livro que se chamará *Meu pai foi uma larva sexy e ociosa*.

C.M.: (o garoto) Qual é o segredo do seu sucesso?

Eu: É simples, meu filho: o que você deve fazer é dizer justamente aquilo que esperam que diga se quiser agradar e dizer o contrário se desejar armar encrenca. Se eu disser que é uma pena que tenham acabado as ditaduras nos nossos países, todos os filhos-da-puta dos livre-pensadores vão querer me arrancar os olhos. No entanto, eles próprios, como vacas sagradas da arte e do poder, encarnam uma infame ditadura e adoram isso. Se eu disser que detesto judeus, negros e veados, milhares de livre-pensadores e donas de casa vão querer me levar para a câmara de gás, mas ninguém protesta porque as crianças arrancam as asas das libélulas ou pegam morcegos para fazê-los voar ao meio-dia. Você também pode falar de maneira ambígua ou permanecer calado durante anos. Há muitas formas de se transformar em mito ou celebridade.

C.M.: A que não renunciaria?

Eu: É estúpido pensar que não podemos deixar qualquer coisa. Somos feitos de renúncia.

C.M.: Que opinião tem sobre as drogas?

Eu: Cada um é dono da sua vida e pode usá-la como bem entender. A única ética que interessa aos governos é a do dinheiro. Enquanto não existir uma lei que proíba as crianças de arrancar as asas das libélulas e continuarem fazendo *rock* em espanhol, não vou levar a sério o assunto da droga e muito menos os livros de Germán Espinosa.

C.M.: (a garota) Como era a mulher que você amou?

Eu: Parecia uma garota sensível e agora tem uma vida quadrada. Sua mente era feita de uma fibra delicada e seu corpo era flexível e quente. Podia rir e ser ferida e isso era o melhor. Agora suponho que enfeita as noites vazias de um inseto ressecado.

C.M.: (o garoto) O que não suporta?

Eu: Que uma dessas misses de merda, uma vaca de concurso, quando a entrevistam, me escolha como seu personagem favorito.

Convido-os para jantar. Ele olha o relógio e diz que já é tarde. A garota quer ficar. Ele a chama de lado. Discutem. Ela fica. Jantamos e depois lhe mostro a casa. Conta a sua vida, declara sua admiração por mim. O filipino nos traz uma garrafa de champanhe. Ela aceita tomar uma taça.

Depois de duas trepadas me trata com menos respeito. Falamos do seu colega. Ele a paquera mas ela está indecisa. Digo que parece um rapaz de fibra, que gostei muito da entrevista. O filipino observa a garota, é mais bonita do que parecia. Falamos sobre ele, conto que está comigo há quinze anos, que fala pouco e não sei se tem família ou amigos, que nunca sai de casa e nunca amou ou teve contato sexual com pessoa alguma. Ela está debaixo dos lençóis, diz que o olhar dele a perturba. Mando-o sair. É uma garota linda e delicada, queria amá-la. A pedra no meu peito salta ligeiramente mas em seguida se aquieta. Sinto que tenho mais coisas em comum com o filipino do que estaria disposto a aceitar.

4
VIOLÃO INVISÍVEL

CIDADE IMÓVEL. VERÃO-83

Caminhando no arame fino de uma cerca

A gente se mete a escrever porque não foi capaz de bater num motorista que nos afrontou na rua, porque não quebrou pratos num restaurante, porque não enfrentou um policial louco que xingou sua namorada, porque não disse à mãe o muito que a amava e detestava, porque não cuspiu num professor que dizia que a Terra é redonda, porque deixou que pegassem seu lugar na fila do cinema, porque não tem ofício nem benefício, porque pensa que é uma forma fácil de fazer fama e dinheiro, porque se paspalhos como García Márquez e Mutis fazem isso, a gente também pode fazer, porque não é bom em matemática, porque não quer ser médico nem advogado, porque está irado, porque odeia as pessoas e quer insultá-las.

A gente se mete a escrever porque uma garota linda lhe disse que gostava de escritores, porque precisa de um álibi para não trabalhar, porque isso o faz sentir-se superior, porque leu uns romances de caubóis e quer entrar na concorrência, porque é um caubói sem Oeste, porque escriturários como Vargas Llosa o fazem, porque não tem voz, porque não tem ritmo, porque está farto de bater punheta, porque quer trepar com uma mulher mas não sabe como, porque pensa que tem alguma coisa a dizer, porque descobre que as garotas bonitas dizem que os escritores são ternos mas saem com mafiosos, porque não o deixam dar um amasso na ganhadora do concurso nacional de beleza, porque é magro e não tem remédio, porque tem medo de morrer sem ter metido numa garota linda, porque se um puxa-saco hipócrita como Vargas Llosa escreve qualquer um pode fazê-lo, porque sabe que o cinema é tempo perdido, porque tem inveja dos micos que aparecem na tela e ganham milhões, porque na falta de melhores oportunidades quer ser como Bukowski.

A gente se mete a escrever porque não sabe lutar boxe nem tem colhões para isso, porque tem os dentes tortos e não pode sorrir como gostaria, porque para os impotentes de todo tipo não há outro caminho, porque todos os feios escrevem ou assassinam e a gente não é capaz de matar nem uma mosca, porque escrever dá importância, porque para chamarem alguém de escritor não é preciso escrever bem mas para chamarem de filho-da-puta não importa se sua mãe é uma santa, porque tem medo de ficar à deriva sem fazer nada, porque não pode beber toda noite, porque ama a Deus mas odeia as sociedades sem fins lucrativos, porque não tem namorada, porque não há emoções mas insultos, porque na sua casa não tem televisão e o rádio quebrou, porque a mulher do vizinho é gostosa, porque tem medo de ficar careca e por isso evita os espelhos. A gente se mete a escrever porque não se atreve a assaltar um supermercado, porque ama uma mulher e ela é a namorada do garoto esperto da rua, porque não há revistas pornográficas suficientes, porque quer fazer alguma coisa além de cagar e se masturbar, porque não é o garoto esperto da rua nem o garoto forte nem o engraçado, porque é o garoto nada, porque não vale um tostão furado, porque apanha lá fora, porque sua mãe grita o tempo todo, porque não há ilusões nem luz no fim do túnel, porque sua mente voa baixo e nunca será outro Cioran, porque não tem coragem para saltar, porque não quer a esposa feia que merece, porque tem medo de morrer sem ter comido um belo cuzinho, porque não tem pai, amigos nem fortuna, porque não tem o jeito de cuspir do Clint Eastwood, porque se paralisa entre uma e outra intenção, porque era uma vez o amor mas tive que matá-lo.

    O bom é que escrever não serve para nada daquilo que a gente quer. Escrever é um limite, uma dor, um defeito a mais. O bom é que depois de escrever a gente se sente péssimo. Nada mudou, tudo continua no seu lugar (menos você, maldito cabelo), Pelé não volta para o campo. O ruim é que você escreve e o Pambelé cai na lona espancado por um gringo, um maldito gringo que esteve preso por bater na mãe. O ruim é que Pambelé não é a mãe do gringo e — por mais que você escreva — continua caído. O bom é que você escreve e continua sonhando com a mulher do vizinho, sonha que a agarra pelas orelhas e crava-lhe a rola. O ruim é que escrever não cura seus desejos assassinos, que assaltar um supermercado continua sendo o seu objetivo impossível. O ruim é que ainda deseja um amor inesquecível. O bom é que escrever é outra forma de cagar e se masturbar. O ruim é que você lê os grandes autores mas só Bukowski lhe diz alguma coisa. O ruim é que um dia a garota bonita toma conhecimento que você escreve e não deixa que lhe meta fundo, até o outro lado da morte. O ruim é que escrever serve para tudo aquilo que você não quer.

    — Oi, mãe.
    — OH, MEU DEUS, Rep: o seu sapato está SUJO DE MERDA.
    — Não grite, vou limpar o chão.
    — Saia daí, VOLTE POR ONDE VEIO.
    — Tá bom, mamãe, mas não grite.
    — NÃO ESTOU GRITANDO.

SEATTLE. INVERNO-77

Come as you are

O menino apressou o passo, a neve caía em flocos diminutos nas ruas solitárias. Sua mãe devia estar preocupada e isso significava que a bronca ia ser grande. Odiava ter medo e ela lhe causava medo. Olhou o relógio e soube que seria difícil chegar a tempo, a menos que esquecesse as recomendações da mãe e pegasse o atalho. Pulou cercas e escalou muros com o violão nas costas. Por fim encontrou o atalho e percorreu o terreno baldio. No final do atalho começava uma rua estreita, dali conseguiu avistar o edifício e a luz do banheiro do seu apartamento acesa, uma luz amarela de *aviso*. Se apagassem aquela luz antes que ele chegasse estaria perdido. Consultou o relógio. Seus lábios desenharam um sorriso de vitória: o atalho funcionava melhor do que o previsto. Avançou confiante. No meio da rua uns meninos negros que jogavam basquete com uma bola imaginária pararam o jogo e o rodearam. O mais baixinho e forte lhe tirou o violão.

— Como é o seu nome, primor?

— Kurt.

— Violonista, é?

— Um pouco.

— Mostra para a gente o que você sabe fazer — disse o baixinho com um sorriso mais branco do que a neve. Os outros assobiaram e aplaudiram.

— Olha, tenho que chegar em casa senão vou ter problemas.

O baixinho lhe devolveu o violão e pôs as mãos na cintura.
— É violonista ou Branca de Neve? — disse o baixinho. Os outros riram. — Toca alguma coisa e é melhor que seja boa.

Kurt olhou para a roda escura e se sentou no chão para afinar o violão, em seguida começou a tirar uns acordes. Era um violão velho mas soava bastante bem. Foi um solo de sete minutos. Os negros se sentaram em volta dele, ninguém mexeu um cílio até que o silêncio voltou a reinar.

— Hei, hei, garoto, você vai se meter em encrenca — disse o baixinho.

— Não gostou?

— Gostar? Menino, foi fantástico. Você vai fundir o coco se ultrapassar a raia, entende? Você toca e olha como o Jimi, isso é a pior coisa que podia lhe acontecer.

Kurt olhou para o edifício: a luz do banheiro estava apagada.

Entrou no apartamento e correu para se trancar no banheiro, ali os gritos da mãe perdiam força. Espiou pela janelinha, a luz do sistema de iluminação pública coloria as intermináveis fileiras de flocos cada vez maiores. Ao longe, contra o fundo branco, podia ver as figurinhas negras obstinadas com sua bola invisível. Não conseguia entender as palavras daquele menino, como podia ser ruim tocar violão bem? Aquele menino falava como um velho, seu olhar era de espanto e compaixão ao mesmo tempo. Por que tocar como Hendrix era a pior coisa?

— SAIA AGORA MESMO, Kurt.

— Nem daqui a mil anos — sussurrou.

— ENTÃO VOCÊ VAI VER O QUE EU VOU FAZER.

A primeira coisa que Kurt fazia ao voltar da escola era pegar o violão. Naquele dia não o encontrou. Por mais súplicas e promessas de emenda que fizesse, não conseguiu amolecer a mãe.

— Vou devolver no fim do mês se as suas notas melhorarem.

— Não pode fazer isso comigo — soluçou Kurt.

— VEREMOS SE NÃO POSSO — disse ela.

Os primeiros dias sem o violão foram um inferno. Uma noite, lembrando-se dos meninos do basquete imaginário, teve uma idéia. Na solidão do quarto começou a tocar um violão invisível. O estranho silêncio de Kurt chamou a atenção da mãe, ela entrou no quarto na ponta dos pés e o encontrou sentado no chão fingindo tocar violão. Estava com os olhos fechados e não pareceu notar a presença dela. Ela saiu do quarto sem fazer barulho. Teve vontade de devolver o violão mas depois pensou que esse era o objetivo de Kurt, que ele tinha planejado aquilo para amolecê-la.

Pouco a pouco Kurt foi melhorando sua técnica e depois de um tempo conseguiu tirar notas de silêncio perfeitas do seu novo violão. No final do mês trouxe o boletim, tinha melhorado uma barbaridade. A mãe devolveu o violão e lhe deu dinheiro para que fosse ao cinema. Kurt estava tão contente que beijou a mãe. Daquele dia em diante alternou os dois violões. O velho podia ser compartilhado com todo o mundo, o invisível era só para ele.

CIDADE IMÓVEL. INVERNO-86

Serei eu, será o silêncio, lá onde eu estou, não sei, não saberei nunca, no silêncio não se sabe, é preciso seguir em frente, vou continuar

Entreguei-lhe o dinheiro, fui pegar o guarda-chuva e saí sem me despedir de ninguém. O céu estava cinza-chumbo, a ameaça de chuva se estendia como uma promessa incerta, como quando se promete uma coisa que se sabe de antemão que não se poderá cumprir. E, no entanto, você está chateado porque há algo vivo nessa promessa, há uma espécie de conflito, um engano entre sua mente e você. Não saberia explicar a ninguém mas sabe que é a coisa mais estúpida que fez, sabe que está se enganando, fingindo, e esse é o pior crime. Encaminho meus passos, sem pensar, em direção à praça. Agora teria que matar três horas num banco vendo como as pombas faziam de privada a estátua do Bolívar. Pareciam pombas treinadas por Germán Arciniegas e tantos outros romancistas e historiadores sem colhões incluindo, é óbvio, vocêjásabequem. Logo a noite aliviaria as minhas penas, e as do frio e cagado Bolívar? Pelo menos eu podia me enfiar no Ratapeona e beber até cair.

No outro lado do banco há uma garota morena de brilhantes olhos negros. Seu rosto é malicioso e os peitos, esplêndidos. Está com uma saia roxa e um suéter azul colado no corpo. Parece uma gatinha suave e amável, calculo uns vinte e cinco anos. A garota põe um cigarro nos lábios e começa a tirar coisas da bolsa. Imaginei que tinha perdido os fósforos e no melhor estilo Bogart ofereço-lhe fogo. Ela agradece e aspira com força, vejo o vermelho dos seus lábios e a brasa da mesma cor que nasce na ponta do cigarro. Guardo o isqueiro e volto para o Bolívar e suas ecléticas pombas. Ela diz qualquer coisa sobre o seu costume idiota de perder os fósforos. Cedo-lhe o isqueiro. Ela se surpreende. Não é qualquer isqueiro. É uma jóia de ouro e prata, uma dessas lembranças que não se deve dar de presente. Ela não quer aceitar.

— Por que não?
— É um objeto de valor, especial.
— Assim não vai perdê-lo como os fósforos.
— E você?
— Sou negligente com o que é valioso.

Ela aceita o isqueiro, examina-o e o coloca na bolsa.

— Depois vai se arrepender.
— Com certeza — digo.

Seu nome é Amalia, estuda filosofia e está esperando um amigo. Para variar, duas pombas cagam ao mesmo tempo na cabeça do Bolívar, a caca escorrega até o nariz do Libertador. Pergunta quem eu estou esperando. Digo que Godot. Ri. Tem uma pinta na nascente dos seios. Digo que me chamam de Rep e acabo de perder toda a droga das minhas economias numa droga de aposta. Ela ri. Eu me despeço e vou para o Ratapeona, ainda não é hora mas preciso de um trago.

O que esqueci de dizer a Amalia é que o dinheiro perdido eram economias da minha mãe, não minhas. Que ela tinha me mandado pagar dois meses de aluguel atrasados, que nunca deveria ter apostado, que tinha que inventar uma boa desculpa para encarar a mamãe. O céu continuava prometedor. Também prometi um montão de coisas que não cumpro, o isqueiro era uma delas. Sou como um céu cinza de verão. Encontrei o bar fechado. Toquei três vezes. Franco abriu pensando que era outra pessoa. Fez cara feia ao me ver.

— Tem que mudar a senha — disse.
— Você não tem mais crédito — disse.

— Só uma garrafa — disse.
— Nem um maldito gole, Rep — disse.

Saí tropeçando do Ratapeona ao amanhecer. Estava chovendo a cântaros. Tentei abrir o guarda-chuva mas lembrei que tinha ficado com o Franco para amortizar minha dívida. Senti vontade de ver Amalia, de estar com ela debaixo de um lençol limpo numa cama seca e cheirosa, era a única coisa que queria da vida, e se isso não fosse possível, preferia morrer.

SEATTLE. VERÃO-82

Lounge act

    Estavam tocando numa garagem. Tom era o bateria e Randy o baixo. Não se sentia à vontade, as coisas com a mãe iam de mal a pior, queria largar a escola e ir morar sozinho. Jenny estava do lado de fora conversando com a namorada do Michael. Não gostava do Michael nem da namorada dele, odiava as garotas que pintam o cabelo de verde. Terminou a música e saiu para procurar Jenny. Estava farto de tocar ali, ninguém parecia se importar com a música, só queriam fumar maconha e se mexer um pouco. Jenny falou que a namorada do Michael ia dar uma festa naquela noite. Ficou puto com a Jenny, largou o violão de lado e se afastou sem rumo. Jenny foi atrás dele.

— Eu tento entender você, Kurt. Juro que é o que eu mais quero.

— Então não chore. QUE DIABO, não chore.

— O que é que você quer?

— Que se case comigo, vamos para longe daqui.

— Mas isso é uma loucura, Kurt.

— Sim, já sei, Jenny. Não está mais aqui quem falou.

Jenny amava Kurt, queria entendê-lo, queria tirar toda a dor que seus olhos expressavam mas não sabia como. Kurt e ela faziam amor tocando-se os dedos, tinham aprendido isso num filme sobre extraterrestres. Kurt era um garoto esquisito, ao redor dele parecia flutuar sempre alguma coisa de outro mundo e Jenny às vezes tinha medo dele. Kurt se esforçava para fazê-la ouvir os sons de um violão invisível mas Jenny não conseguia ouvir nada: ela nunca tinha tido ouvido para música.

— Vamos à festa, Kurt.
— Eu não gosto de festas, não gosto dessa fulana.
— É minha amiga, eu nunca encrenco com os seus amigos.
— Não tenho amigos, Jenny. Só me interessa você.
— Então vá à festa.
— Tá bom, neném, eu vou se você prometer não chorar mais.
— Prometo.

A festa era num jardim. Kurt estava sentado embaixo de uma árvore. Jenny conversava com outras garotas a poucos metros dele. Kurt não era bom para conversar, não gostava de contar suas coisas nem de ouvir as dos outros, considerava seus pensamentos um tesouro. Michael se sentou ao seu lado.

— Como vai, Kurt?
— Bem.
— Quer uma cerveja?
— Quero que você se mande.
— Você é um demente — disse Michael. — Vai receber o que merece.

Michael estava de pé arregaçando as mangas. Kurt continuava sentado. Michael insistiu para que se levantasse. Kurt o fez.

— Vou embora — disse Kurt.
— Você é um cagão — disse Michael.

Kurt deu-lhe um murro e lhe partiu o lábio. Michael foi para cima de Kurt e este se esquivou com uma ginga de bailarino. Os convidados intervieram. Michael gritava ameaçador. Jenny estava chorando.

— Você não devia ter trazido esse louco — disse a namorada do Michael.

Kurt se afastou. Jenny foi atrás dele.

— Volte para os seus amigos, Jenny.

Ela o agarrou pelo braço.

— O que está acontecendo com você, Kurt?

— Você prometeu não chorar, lembra?

— A Pam tem razão, você está louco.

Kurt afastou a mão de Jenny com delicadeza. Dos seus olhos saía um brilho estranho, ela sentiu pânico. Kurt começou a andar. Jenny ficou soluçando. Umas garotas chegaram para consolá-la. Kurt não olhou para trás uma única vez.

LONDRES. VERÃO-93

All apologies

Depois do concerto tinham sido levados numa caminhonete da polícia até o hotel. Usaram dublês para confundir o público, que continuava esperando a saída do grupo nas redondezas do estádio. Durante o trajeto para o hotel, Kurt tinha lido um artigo na revista *People* sobre eles, um trecho o tinha intrigado: *Os rapazes de Seattle estão no topo, no topo do topo, não falta nada para escalar, é o fim do caminho.* Agora tremia num canto da suíte. Dave tinha saído com umas pessoas e Novoselic falava ao telefone. Kurt não conseguia explicar como uns garotos de Seattle tinham ido parar ali, era como um sortilégio mas, pelo menos para ele, aquilo fedia. Seu rosto estava na capa daquela revista, abaixo dizia: *Kurt Cobain, sem desculpas.* Novoselic desligou e veio até ele, agora falaria sobre as alterações que a gravadora queria em algumas músicas e no título do próximo CD a ser gravado. Kurt engoliu um punhado de comprimidos e fechou os olhos, a voz de Dave se tornou longínqua, confundia-se com os gritos da sua mãe que ecoavam no mais profundo da sua mente. E a sua garota? Muito longe, cantando com sua banda em algum lugar, um lugar distante dele e dos seus temores. Dave o observou, Kurt estava rígido como um totem. Tentou fazê-lo reagir, não era a primeira vez que tinha que lidar com isso. Depois de várias tentativas sem resposta, assustou-se e foi buscar um médico. O hotel tinha equipe médica para emergências. Depois de um exame rápido decidiram levá-lo para um hospital. Ficou lá até a manhã seguinte. Estava animado e até fez brincadeiras com os jornalistas, coisa muito rara nele. Nessa mesma noite deram um concerto em Paris.

Perguntava-se muitas coisas e tinha poucas respostas. Onde tinha ficado o saltador de cercas de Seattle? Ele só estava tentando ganhar algum dinheiro para ir vivendo. Seu segundo CD vendeu sete milhões de cópias e ele foi lançado para o mundo como um cometa enlouquecido. Para trás ficaram as broncas da mãe e as noites anônimas, para trás ficou uma bela garota de tranças. Pensou que era um sonho, que ia rio abaixo numa balsa de algodão-doce, que tudo era fácil e ninguém sairia machucado. Ele era um poeta, o poeta de que todos precisavam. Sua mãe tinha dito uma vez: *Não procure coisas que não são para você, Kurt*. A resposta não se fez esperar: *E você lá sabe o que é para mim?* E ela replicou por sua vez: *Se você se esforçar para procurar uma coisa, corre o risco de encontrá-la. Você nunca sabe o que lhe falta até que dói muito.* Kurt pegou o violão e começou a cantar, a canção que improvisou falava de como as mães costumam ser tolas. Agora ela já não lhe parecia tola mas provavelmente era muito tarde para dizer isso a ela. Pensou em Morrison, se perguntou se ele alguma vez, já sendo o Rei Lagarto, tinha desejado abraçar sua mãe.

Quem conhecia Kurt dos dias tranqüilos de Seattle sabia que ele estava quebrado. Não sentia a música, era um boneco sem alma sob os refletores, não sobravam espaço nem tempo para sonhar novas canções, ninguém parecia vê-lo, era como se olhassem através dele, como se fosse plano e feito de vidro. As canções que queriam alterar tinham sido compostas no seu antigo quarto de Seattle: na época tocava dois violões, um acústico e outro invisível. Ele queria gravar essas canções na sua forma original mas a gravadora dizia que era um equívoco, que não havia lugar no mercado para canções assim. Não havia lugar para nada dele, não cabia sequer um violão imaginário.

CIDADE IMÓVEL. INVERNO-86

Nenhum mundo afundará sob lágrimas que nunca vimos cair por uma mágoa que ninguém absolutamente compartilhou

Eu queria jogar futebol, acreditava ter condições, havia ensaiado milhares de jogadas na solidão luminosa da minha mente, competi com os melhores do mundo, vivos e mortos, sentado na privada durante horas. Só havia um problema: as minhas pernas. Eram muito finas e por isto eu sentia vergonha de usar calção. Para escapar da educação física tinha enrolado o professor com a história de uma doença congênita rara. Os professores são a coisa mais boba e indiferente que existe, é fácil enganá-los porque não dão a mínima se partirem a sua alma, só querem que chegue o fim de mês para receber seu salário miserável, só desejam que uma garota carnuda lhes dê chance para trocar o óleo. O caso é que quando por fim minhas pernas engrossaram um pouco, eu já estava velho demais para começar a carreira de jogador de futebol e assim o país perdeu o único homem capaz de levá-lo a uma final de copa do mundo.

Comecei a estudar medicina. Minha mãe me treinou para isso desde o dia em que nasci. Treinar significa que ela repetia a mesma ladainha todos os malditos dias da minha vida: *Ser médico é a melhor coisa que há. Ter um filho médico me faria feliz. Rep, você sabe que a minha vida foi uma desgraça mas você tem a chance de remediar isto.* E ali estava Rep, um menino fracote, com a pesada carga da felicidade da mãe, a *única possível na minha horrível vida*, sobre os seus estreitos ombros.

Bom, o caso é que terminei o ensino médio arrasando em todas as matérias e fui direto para a universidade. Eu nunca gostei da escola, só tirava boas notas porque tinha alguma inteligência e o resto, professores e alunos, competia com os símios. A universidade repetia cada atributo da escola multiplicado por mil, o que ensinavam ali se podia aprender, em menos tempo e com mais graça, num mercado público. A medicina me enojava, seu interesse principal era promover drogas e administrar doenças de modo que durassem o máximo possível. Não havia perguntas, não havia relação médico-paciente. Pegavam o dinheiro e receitavam segundo o manual. Falavam em reduzir ainda mais o tempo da consulta. O sonho dos estudantes era, uma vez formados, poder atender quarenta pacientes por dia. Viam o futuro como uma conta bancária que não parava de crescer. Eu senti nojo, disse para mim mesmo: *Tenho a alma no lugar certo, quero ir além.* Desisti no quarto ano e com isso desgracei um pouquinho mais a desgraçada vida da minha mãe e, óbvio, me transformei no menino mau do parque.

São quatro e pouco de uma tarde atravessada pela chuva. Os meninos correm e gritam como apaches sob um céu cortado por relâmpagos. Um sorriso estúpido e intermitente dança nos meus lábios enquanto os observo. Estou ali, no meio da rua, ensopado como uma flor de papel. São quatro e pouco, acabo de conhecer uma certa garota e parece que ela gostou de mim. Ela é alta, tem as melhores pernas que já vi, olhos grandes e verdes, seios mais para pequenos, mãos brancas com dedos longos, desenhados com uma ternura só esperável de um desenhista da Disney. Eu a vi por alguns minutos mas acho que a amo. Nunca amei uma mulher antes, só me interessaram sexualmente. Ela também me excita, mas alguma coisa, uma estranha sensação nos nervos, ameaça me sufocar se não voltar a vê-la. Será que estou ficando babaca?

SEATTLE. ABRIL-94

Smells like teen spirit

Lembrou-se do grupo de meninos negros que jogavam sem bola enquanto a neve caía em Seattle, quase podia vê-los se movimentando contra o fundo nevado: um punhado de duendes saltitantes desafiando o duro inverno. Naquela ocasião tinha conseguido se fazer respeitar graças ao seu talento, aqueles meninos sabiam o que significa ouvir. Meninos pobres, fodidos a mais não poder mas com fragor no sangue. As multidões desesperadas que lotavam os estádios para ouvi-lo não tinham idéia do que é silêncio e música, só aqueles meninos da bola invisível conseguiram compreender, foi o seu instante de graça e nunca mais voltou. O fragor de agora era o som da escória viajando por tubulações para o fosso escuro, o fragor de agora era a mentira em comprimidos vermelhos, era a mentira embrulhada em discursos e promessas. Perguntou-se onde estariam sua mulher e sua filha, as pessoas que amava nunca estavam com ele quando precisava delas e ele precisava sempre das pessoas que amava. Claro que não ia pedir *por favor*, cada um é dono do seu nariz, ele não tinha vontade de nada e os outros pelo visto tinham. No rádio estava tocando *Rape me*, a música que escreveu sobre um cara que estupra uma mulher e depois é estuprado na cadeia pelos companheiros de cela e sente nisso uma liberação e um destino. Ele nunca tinha estuprado ninguém, era apenas um rapaz que fazia canções. Se as canções eram ásperas e sujas, isso não se devia à imaginação do rapaz, para saber de onde tinham saído suas canções bastava dar uma olhada ao redor, uma volta em torno de si mesmo é a mais horrenda aventura que qualquer homem pode ter. Ele era mais um que espremiam, que tomavam por idiota, e possivelmente fosse mesmo um idiota, um idiota cansado. Sabia que iam falar de droga e de excessos, da sua amalucada mulher, do sucesso inesperado. Sabia que nunca falariam a verdade, a simples e absoluta verdade. Como podiam saber aquilo que não sentiam? Aquela gente: políticos e jornalistas, amigos e advogados, padres e ladrões, mães e assassinos. Todos aqueles que comem ilusões apodrecidas, que jamais vão saber nada sobre navios fantasmas e cubos de gelo navegando à meia-noite na mente do condenado. A droga e o sucesso eram os detonantes, o amor um cúmplice e ainda havia uma outra coisa, e por causa disto os golfinhos se arrebentavam contra as rochas e os corvos só faziam amor uma vez na vida.

Desligou o rádio, escreveu um bilhete para as meninas, principalmente para a pequena Frances, era um bebê tão doce, pena ter que deixá-la. Pegou a arma e foi até a sala, ouviu um barulho na cozinha e lembrou que tinha um eletricista fazendo uns consertos. Escondeu a arma debaixo do sofá e esperou que o homem terminasse o seu trabalho. Pensou no Dave, no Novoselic, no Eddy, provavelmente estivessem esperando alguma coisa assim. Lembrou das palavras do menino naquele longínquo inverno: *Hei, hei, você vai fundir o coco se ultrapassar a raia. Você tem o olhar do Jimi, é a pior coisa que podia lhe acontecer.*

Como um menino tão pequeno podia saber tanto? A vida devia tê-lo chutado desde o primeiro dia como uma égua louca. Só uma coisa malvada, grande e malvada, pode fazer um menino de dez anos saber tudo, a áspera vida se encarniçou com ele mas não parecia disposto a deixar que o fodessem. Onde andaria aquele sabichão?

Os rostos de Janis, Jim e Jimi passaram uma e outra vez pela sua cabeça, do fundo continuava chegando a voz do menino, conseguiu entender as palavras dele além de todo conceito, no osso mesmo, na raiva. Sabia, mais do que eles, mais do que a Mãe do Saber, por que jogavam aquele basquete alucinado em pleno inverno: não porque faltasse a bola mas sim para que a bola *faltasse*, para *se dar conta*, para conhecer o fundo da represa. Aquela loucura de basquete ia endurecê-los, provavelmente desabariam de qualquer maneira mas não seriam presa fácil. Seu dedo acariciou o gatilho e nesse instante teve uma iluminação. Deixou a arma de lado e pegou o violão invisível. Os dedos se moveram no ar parado da sala mas não conseguiu tirar um único trinado de silêncio do violão, tinham-se passado muitos anos desde a última vez e não se lembrava mais da técnica. Tentou uma e outra vez sem resultado, já era tarde para isso também, tinha ultrapassado a raia sem vê-la e não podia dar marcha a ré. Por mais que aguçasse o ouvido não conseguiria ouvir o violão invisível, simplesmente não tinha mais som; o problema não era de ouvido, era uma coisa mais letal, como ter pêlos no coração. Largou o violão e pegou a arma, era fria e real como ele. Pensou uma vez mais no menino negro, desejou de alma que pelo menos aquele menino — por mais longe que tivesse chegado — ainda conservasse aquela bola.

CIDADE IMÓVEL. ABRIL-94

O pior crime é fingir

Reuter por Martin
O *ROCK* CHORA A MORTE DO LÍDER DO NIRVANA, KURT COBAIN

SEATTLE, ABRIL 9 (Reuter)

Só estive pior duas vezes na vida: quando Pambelé perdeu o título pela segunda vez (da primeira foi um roubo e senti raiva mas não dor, sabia que o tal Benítez era um cagão e demonstrou isso quando o desclassificaram por não enfrentar o Pambelé na revanche combinada) e quando uma certa garota me tirou para sempre da sua vida. Kurt não era só música e escândalos, ele representava outra coisa para mim, uma coisa pessoal, uma alternativa de vida que fracassou. Sua exasperante corrida para a morte terminou como todos esperavam e isso me irrita. Sei o que ele sentia, mesmo aqui nesta cidade porca repleta de covardes, sabia, sempre soube porque eu também estou doente *disso*. Não é só nojo ao ver como as pessoas trabalham bem nos escritórios e estádios, é o adeus do Homem, é a aventura humana como um titanic afundando no espesso oceano da incerteza. O telex fala de *overdoses* em Londres e Roma, de brigas conjugais, de fama e tédio. O cadáver ainda está quente mas os abutres não querem esperar. Isso acontece com Cobain e também com o padeiro da esquina, que foi atropelado por um caminhão da Coca-Cola S.A. e ficou oito horas jogado no asfalto, rodeado de curiosos. Cada um tinha a sua própria versão mas todos concordaram que o padeiro teve a culpa. É obvio que ele não prestou esclarecimentos nem espantou as moscas, estirado no asfalto parecia não dar importância às insignificâncias de pessoas com quem nunca trocou uma palavra em vida. Assim que li sobre Cobain pensei no Ciro, era a única pessoa em toda Cidade Imóvel que podia se sentir como eu.

Afinal nos encontramos na praça, ele já sabia. Compramos uma garrafa e fomos para o Ratapeona. Começamos com *In Bloom*, depois na seqüência (ninguém se opôs) *Lithium*, *Polly* e *Territorial pissings*. É uma sorte que o Franco, um tatuador italiano de Trieste, tenha se estabelecido em Cidade Imóvel e montado este bar. Ornella, mulher do Franco, é alta e amável. Franco tem modos de estivador bêbado. Ele e Ciro são unha e carne, então temos crédito e liberdade de ação. Um casal de alemães se junta a nós. Ciro solta uma saraivada de palavrões e os alemães riem. Cantamos em coro as canções de Kurt até ficar roucos. A garota alemã dança na minha frente e de repente enlaça o meu pescoço com os braços, colo meu rosto no dela e lhe dou um beijo selvagem. Ela tenta fugir e o cara me agarra pelo cabelo. Franco intervém e os alemães dão o fora. Ciro pula de mesa em mesa perseguido pela Ornella. Olho para as pessoas se deslocando no meio da fumaça e grito com todas as minhas forças. Ciro, em cima do balcão, também grita. O que mais se pode fazer? Talvez dar um tiro na cabeça. A hipótese não está excluída.

SEATTLE. MAIO-94

Stay away

As pessoas de Seattle, como as de qualquer outra cidade, se entusiasmam quando vêem câmaras de TV. Aparecer por alguns segundos na tela é o sonho de quase todo o mundo, e por isso o jornalista não teve que se esforçar para achar especialistas em Kurt. Depois de recolher material suficiente foi ao estúdio e mandou editar aquilo que considerava mais relevante. Naquela noite Carole Smith — junto com toda a família Smith — estava na frente da televisão esperando o especial sobre Kurt Cobain. O programa começou com o clipe da música *Smells like teen spirit*. Carole tinha apenas treze anos e aquela música era o seu hino. Depois vieram as entrevistas. A mãe de Kurt disse: *Avisei a ele que não entrasse no clube das estrelas de rock que se matam aos 27 mas o Kurt sempre foi teimoso, você não imagina o quanto ele era teimoso.* Uma modelo loira disse: *Dormi com ele algumas vezes, parecia um menino vulnerável... Era bom na cama mas muito calado fora dela.* Um ancião de sobrenome Thompson que tinha sido seu professor de literatura disse: *Era calado, um menino muito calado, sabia que alguma coisa assim ia acontecer com ele, as pessoas precisam falar se querem sair das trevas... Espere, eu ainda não disse tudo... Espere, DIABOS, ninguém ouve os velhos.* Fizeram um corte inoportuno para comerciais. Alguém na equipe de edição certamente ia pagar caro. Voltaram com um clipe da música *All apologies*. O convidado seguinte era o eletricista que tinha feito consertos na casa de Kurt poucas horas antes da sua morte, foi a última pessoa que o viu vivo e a primeira que o viu morto (esquecera umas ferramentas e voltou para buscá-las alguns dias depois, encontrando o cadáver solitário. O legista calculou que Kurt tinha esvaziado a carga de um rifle de caça na sua atormentada cabeça quarenta e oito horas antes): *Estava tranqüilo, assobiando canções. Não parecia ter nada assim em mente, era um grande cara, não parecia uma estrela, era como qualquer um. Eu não gostava da música dele mas ele era melhor que a sua música. Foi incrível encontrá-lo depois, não conseguia acreditar.* A mãe de Kurt fez um segundo comentário: *Ele nunca estava contente, pensei que tinha mudado, afinal de contas não é tão ruim ser famoso e ganhar muito dinheiro. O que mais ele queria, meu Deus? Falei para ele procurar uma boa mulher, por que raios não fez isso?* A seguinte foi com um cara forte e uma mulher de cabelo verde, que estavam abraçados. O cara disse: *Era fraco, dava uma de durão mas comigo ficava na dele.* A de cabelo verde acrescentou: *O pai se mandou quando ele tinha oito anos, isso o afetou tanto que inventava histórias de longas viagens e postergadas voltas.* Passaram outro clipe e em seguida falou uma mulher chamada Jenny que tinha sido namorada dele. *Não gostava das pessoas e acho que ele tinha razão, gostava de música e de silêncio e acho que perdeu isso entre hotéis e gritos. Sim, perdeu a música e não conseguiu agüentar mais. Não merecia acabar assim* (lágrimas e soluços), *não merecia.* O jornalista anunciou Courtney Love, a esposa de Kurt, que leu partes da sua mensagem final: *... Estar lá sem emoção, seguindo a corrente com a língua de um bobo experiente fez com que eu me sentisse culpado além das palavras porque o pior crime é fingir.* Ela parou a leitura para dizer: *Não, Kurt, o pior crime é ir embora.* Conteve as lágrimas e continuou lendo: *... O caso é que não posso enganar você, nem a mim, nem a qualquer um desses... Não seria justo. Eu gostaria de poder apreciar tudo isso que tenho mas por alguma razão não é suficiente e a única coisa que consigo ver é o fim do caminho.* O choro de um bebê distraiu Courtney, era a pequena Frances Bean, Courtney a pegou nos braços e leu a última frase da mensagem: *Tenho uma mulher que é uma deusa que transpira ambição e uma filha que me lembra muito o que eu fui. Não suporto pensar que Frances se transformará em alguém como eu... Sou um bebê muito errático e inconstante, não tenho mais paixão, então lembrem-se de que é melhor partir ardendo do que simplesmente se desvanecer.* Courtney apertou Frances contra o peito. A imagem ficou congelada e sobre ela começaram a subir os créditos com a música *Come as you are* de fundo. O pai de Carole disse: *Matar-se não é certo, Deus não gosta das pessoas que fazem o trabalho dele.* A mãe de Carole disse: *As coisas estavam indo bem para ele, tinha sua carreira e uma família, por que fez isto?* Carole disse: *Ele se matou pela mesma razão pela qual eu me mataria.*

5
CURTO E PROFUNDA

Desde o primeiro instante soube que ela não era uma garota comum, sua mente era esquiva e rápida como uma pluma caindo. Tinha fibra de tubarão branco e paciência de monge tibetano. Seu pudor e seu espanto ao me ver nu tinham sido dignos de um Oscar. Infelizmente — para ela — não tinha chance comigo mas eu ia lhe dar uma lição inesquecível. Disse ao filipino que não queria ser incomodado e tranquei a porta. Ela continuava olhando meu álbum de grandes lembranças, tinha deixado a câmara em cima do criado-mudo. Ambos estávamos nus e segundo ela eu deveria estar um pouco bêbado, afinal tinha tomado uma dúzia de martínis, e isso era bastante para qualquer um, só que eu não era qualquer um. Tomei mais alguns goles e me deitei. Ela me observou de soslaio. Fingi adormecer profundamente. Percebi que ela caminhou até o aparelho de som e em seguida a voz de Almeta Speaks invadiu o quarto. Era a coletânea *Blues & Spirituals*, sem dúvida o meu disco favorito. Sentou-se na beirada da cama e deixou passar algumas músicas antes de me lançar um olhar. Ronquei levemente. A inspeção a satisfez e foi pegar a câmara. A voz de Almeta abafava o clique da câmara e ela fazia isso, da mesma forma que o sexo, rápida e suavemente. Tirou um montão de fotos num tempo muito curto e voltou ao álbum. Parecia uma colegial inocente. Esperei um pouco e em seguida acordei sobressaltado.

— Droga! Quase dormi. Vamos para a piscina?
— Eu adoraria mas não vim preparada.
— Ferdinand lhe dará o que for necessário, tudo bem?
— Tudo bem — disse um tanto contrariada. — Posso usar o banheiro?

Abri a porta e chamei o filipino. Dei-lhe instruções.
— Eu não demoro — disse ela.

Nadava como um peixe. Era uma garota cheia de qualidades e por conseguinte perigosa. Lembrei-me de uma frase: *Quem revela a uma mulher o seu potencial secreto será o primeiro cornudo*. Disse ao filipino que a vigiasse e entrei em casa. Fui direto para o banheiro. Se tínhamos visto o mesmo filme haveria um rolo falso na câmara e outro escondido atrás da banheira ou... no cesto. Bingo! Azar dela gostar dos filmes de Michael Mann. Fui ao estúdio e peguei dois rolos novos da mesma marca e com uma das minhas câmaras fiz fotos das paredes do meu estúdio até esgotar o primeiro rolo, gastei o segundo no meu quarto e no banheiro. Revistei as coisas dela mas não havia nada suspeito. Ao que parece lhe bastava Michael Mann. Pus um dos novos rolos no cesto e o outro na câmara. No estojo desta havia mais dois rolos, supus que eram da entrevista mas para evitar surpresas levei-os para o estúdio e trouxe em troca dois rolos que continham fotos das minhas entediantes partidas de golfe e jantares intranscendentes com famosos personagens do *jet set* internacional. Coloquei os dois rolos no estojo, arrumei as coisas dela e voltei para a piscina. Ela estava estendida sobre uma toalha tomando os últimos raios de sol.

Convido-a para ficar uns dias mas — é óbvio — não aceita. Tem um monte de coisas para fazer. Também não quer que eu a leve. Vai pegar um táxi, gosta assim. Diz que voltará a me visitar assim que puder. Depois me dá um beijo morno e se afasta pelo corredor. A campainha da segurança toca.

— A moça está autorizada a sair, Bob.

— Santo Deus, isto é pior que a Casa Branca — diz ela entre risadas que Bob compartilha. O som dos seus saltos se perde na distância.

— É muito bonita, senhor — diz Bob.

— Você tem bom olho, Bob.

Passou uma semana sem que eu tivesse notícias dela, pelo visto tinha levado muito a sério o seu fracasso. Imaginei mais uma vez sua agitação no laboratório fotográfico e o decepcionante resultado dos seus esforços. Nem sequer tinha fotos da entrevista. Decidi ligar para ela, era uma ratazana traidora mas me agradava e, afinal de contas, que mulher haverá que não seja uma ratazana traidora. Convidei-a para jantar comida coreana num restaurante em frente ao Central Park, estava acostumado a topar ali de vez em quando com o Truman Capote, um cara escroto mas excelente escritor. Ela estava radiante com seu vestido vermelho e o cabelo cortado como o de Liza Minnelli em *Cabaré*. Mandei vir a indefectível garrafa do melhor vinho (que de melhor só costuma ter o preço). Ela dissertava sobre os encantos das culturas, sobre os palitos dos orientais, as massas dos italianos (que todo o mundo sabe que são de origem chinesa), os idiomas europeus, a Coca-Cola, o ambiente de Nova York. Perguntou-me o que tínhamos nós, o que podiam mostrar os *sudacas* além de cocaína e miséria.

— Merda — disse. — A mais fedida do planeta.

— É alguma coisa — disse com um gesto zombeteiro que combinava perfeitamente com a cor dos seus olhos. Tinha três pequenas pintas marrons no pescoço que eu não me lembrava de ter visto antes.

— Sinto muito ter prejudicado os seus planos — disse.

— Devia imaginar que você tinha visto o filme.

— Michael é amigo meu, quase trabalhei com ele nesse filme.

— Sério? — eu gostava do seu jeito de levantar as sobrancelhas. — Céus! Como fui boba.

— O que ia fazer com as fotos?

— Isso é óbvio, não?

— Você não se saiu tão mal.

— Pelo menos aproveitei.

— É bom saber.

— Você também não se saiu mal.

— Ganhei duas vezes a Palma de Ouro e três Oscares, você devia ter levado isso em conta.

Faz uma graciosa e delicada saudação oriental com as mãos e a cabeça para aceitar a minha vitória. Seu rosto se inclina na minha direção e me dou conta de que seus olhos são de outra cor.

— Por que você aceitou o jogo?

Penso na resposta e digo:

— Trata-se de uma fábula cuja moral é: *Uma mulher não é mais esperta que um réptil*. Sabe quantas tentaram me engambelar?

— Nem imagino.

— Muitas — disse. — Você ainda é uma menina e espero que aprenda a lição.

— Ficou bravo?

— Eu nunca fico bravo.

Olhamo-nos por um instante, tentando penetrar nos pensamentos um do outro, o resultado é um empate e rimos para comemorar. Depois de jantar convido-a para ir à minha casa mas ela nega, diz que precisa de tempo mas que ligará quando estiver preparada. Eu a deixo na entrada de um prédio de apartamentos e espero que lhe abram a porta. Ela me joga um beijo que apanho no ar e aperto contra o coração. Tiro o carro do meio-fio e vou para casa.

No dia seguinte, bem cedo, Ferdinand me trouxe um envelope. O remetente era a revista *Cachorro Morto*. Dentro havia três fotos tamanho postal do meu corpo nu, não estavam ruins considerando que foram tiradas com uma câmara barata. As fotos vinham acompanhadas de um bilhete escrito à mão, a letra era um *show* de firmeza e estilo.

Querido e admirado Rep:
Recomendo o último filme de Nicole Pierre. Não se trata de uma fábula, é só a história de uma mulher que enfia meio quilo de cocaína prensada na boceta e o aperta como se fosse um pau médio (como o seu). Sabe quanta cocaína entrou nos EUA e anda pelas ruas dessa forma? Talvez eu seja uma menina, querido Big Rep, mas tenho as minhas profundidades.

Com admiração, Susan.

6

BALEIAS DE AGOSTO

EXTERIOR-TARDE

Sofro muito ao saber que você não morreu

Sei que agora mesmo ele está metendo nela, está socando, está abrindo as pernas dela a 180 graus, está afundando nela até a alma. Sei que agora mesmo a está traçando e ela não pensa em mim, ela não pede ajuda. Sei que agora mesmo está lhe mordendo a ponta dos seios, está lhe passando a língua, está lhe chupando o sangue e ela não pensa em mim, ela não quer chamar a polícia, ela goza. Sei que agora mesmo está molhando os pêlos da xoxota, alisando o grelinho, bombando serenamente a mil, agora mesmo, agora mesmo. Sei que agora mesmo está me apagando mais e mais e ela não se lembra de mim.

Um dia vou partir a alma daquele desgraçado, vou lhe arrebentar o cu, vou enfiar-lhe uma banana verde para que saiba como dói. Um dia vou acabar com aquele cachorro, vou meter-lhe um prego quente no topete, vou massacrar o seu bundão gordo. Um dia vou comprar uma espingarda e estourar as bolas daquele filho-da-mãe, vou fazê-lo sofrer como uma ratazana cega no aniversário do Dom Gato, vou partir-lhe mil vezes o coração, vou fazer com que engula as suas abobrinhas, que beba o seu próprio sangue, vou arrebentar aquele limitado cérebro de símio.

Nesse lugar que você está vendo ali, sim, ao lado da marchetaria. Nesse lugar tínhamos uma sala de teatro. Ali sonhamos e transamos pela primeira vez. Éramos um grupo conflitivo mas unido, todos continuam sendo meus amigos e eu a perdi. Víctor se casou, Cueto foi abandonado pela Teresa (ela foi para Paris e se apaixonou por um francês), Frango vive em Bogotá e em breve vai se casar. Eu escrevia as peças. Uma vez ela conseguiu cinqüenta cadeiras para uma apresentação, estava radiante e a peça até que funcionou bem. Chamava-se *A meia-voz* mas a esqueci em algum canto. Perdi a peça, perdi a garota, perdi o sentido e o desejo.

Nem sempre fui bom com ela, melhor dizendo era um filho-da-puta. Amava-a tanto e não sabia o que fazer. Em vez de lhe dar o que eu sentia, de enchê-la com aquele amor áspero, eu o engolia. É uma coisa que eu ainda não entendo: seu amor me chegava fácil, em troca o meu não fluía para ela. Acredito que o amor dela reprimia o meu. Ela e o seu amor formavam uma substância espessa e o meu amor e eu ficávamos travados, então eu me enfurecia e ela não conseguia entender. Tratei-a mal muitas vezes porque estava desesperado mas a amava mais que a minha própria vida e quando ela se foi minha vida se apagou.

Quando soube que nunca mais ia tê-la, enlouqueci: *Antes que se passe um segundo você terá morrido cem mil vezes*, diz uma frase do Corão e eu tive que vivenciá-la. Ela não tinha deixado de me amar mas seu amor estava doente e não suportava a minha presença. Vi toda a dor nos seus olhos, todas as minhas traições e mentiras, eu era a pessoa entre ela e eu, o rival impossível. Então, quando já não importava, o meu amor eclodiu: seu amor doente não opunha resistência e o meu foi em direção a ela como um raio mas ela estava fechada. E o meu amor ficou comigo e houve gotas de sangue no meu silêncio. Ela se afastou e eu entrei no quarto do castigo, o menos florido de todos os manicômios, e ainda não saí.

Como não tenho a quem odiar eu o odeio, como não há culpado eu o culpo, como não há inimigo eu o transformo em inimigo. O meu amor é sobrenatural, um pecado sem Deus, uma telenovela sem fim, um novo comercial de margarina. Como quem devo matar é a mim, mato o amor. Como sou o incendiário, o inominável, eu o nomeio. Como não consegui explicar a ela o quanto a amo, explico ao mundo.

INTERIOR-NOITE

Música do Nirvana

Vivo entre o sonho e a realidade, sonho que sou Big Rep, uma estrela do cinema e da arte, que vivo em Nova York e concedo mil entrevistas por dia, que tenho um criado filipino e uma mansão de 57 quartos, que as mulheres rastejam por mim, que faço o que quero e digo o que sinto. Sonho que sou íntimo de Sean Penn, Wim Wenders e Monica Huppert. Sonho que jogo no Barcelona F. C., que formo a dupla de ataque com o Romário, que sou melhor que ele. Sonho que uma certa garota não foi embora, que posso encontrá-la quando quiser, que não se casou com um inseto, que o tempo não aconteceu, que não tenho vinte e poucos anos e as mãos vazias, que ela continua lá, na mesma esquina de sempre. Sonho que estou no Oeste, que jogo pôquer com perigosos jogadores profissionais, que sou mais rápido que Wild Bill Hickock e Wyatt Earp juntos, que enfrento seis famosos pistoleiros e, sem me levantar da mesa, meto um tiro no meio da testa de cada um e continuo jogando, que ninguém pode me ganhar nas cartas. Sonho que não sou eu.

A realidade é que as coisas não vão tão mal como eu gostaria, que tenho meu próprio quarto e uma mãe compreensiva. Também tenho três irmãos, uma linda sobrinha e um cachorro. A realidade é que Toba está de cabelo curto outra vez, que trabalha com publicidade e continua sentindo saudade da Betty quando se embebeda. Ciro mora a duas quadras daqui, tem seu próprio quarto e uma família mais complicada que a minha. O pai dele deve ser muçulmano. Ciro pinta quadros sobre ratos e açougueiros e também tem um amor secreto que aflora quando está bêbado. Costumamos nos reunir no café de Miss Blanché ou na praça em frente à Escola de Artes. A Escola não passa de um enorme penico cheio de secretárias ressecadas e professores inócuos. Ciro estudou lá por um tempo. Todos nós fazemos o que podemos e o que podemos é muito pouco. J é casado, às vezes some durante semanas e depois aparece com dinheiro e histórias estranhas. J acaba de publicar um livro de fábulas, aprendi de cor uma intitulada *O valor do cupim* e contei-a para Laura Elisa (minha sobrinha de quatro anos): *Uma raposa e seu lobo discutem sobre o valor da lagarta e do cupim. A raposa sustenta que o cupim é mais forte e decidido. O lobo aposta na inteligência e humildade da lagarta. O lobo diz: A lagarta é sábia porque come folhas macias. A raposa diz: O cupim é valente porque rói o duro tronco. A raposa pergunta irônica: De quanto tempo uma lagarta precisa para acabar com uma folha? O lobo responde arrogante: O mesmo que o cupim gasta para perfurar um tronco. A raposa diz: Mesmo que a lagarta coma todas as folhas de todas as árvores, o bosque continuará de pé. O lobo diz inquieto: Se o cupim destruir todos os troncos não teremos onde nos esconder do caçador. A raposa pergunta assustada: Quanto tempo acha que o cupim leva para devorar o bosque?* Laura Elisa não pareceu ficar intrigada com a sorte do bosque, a única coisa que quis saber foi por que um lobo (em vez de estar com a sua loba) estava com uma raposa.

— Talvez a loba tenha ficado limpando a casa — disse.

Então ela, com a perspicácia dos seus quatro aninhos, acrescentou:

— Porque a loba sim é decente.

Faz alguns anos publiquei um romance mas não aconteceu nada de mais. Fran trabalha na prefeitura porque seu pai morreu e não pode mais ficar de pernas para o ar. Fran vai publicar um livro de contos chamado *Limites* (esse título resume a história da nossa experiência vital). O motivo pelo qual nos reunimos é a bebida. Fran sempre sabe onde vai haver um coquetel e a qualidade do mesmo (Alonso o chama de *Cocktailman*). Também é hábil para arranjar *mecenas*.

O que me irrita é pensar que estão comendo uma certa garota, que estão metendo fundo, que querem virá-la do avesso e ela está gostando. Toba ao contrário pensa que quando fazem a Betty gozar ela fica triste e pensa nele. Eu e Toba estamos acostumados a nos martirizar mutuamente descrevendo com detalhes a forma como comem os nossos amores perdidos. O que me irrita é não ter metido nela duas mil vezes mais. Fran está com a Bibiana e anda muito contente. Ciro não acredita no amor, está sempre emitindo opiniões obscuras a respeito. Acho que Ciro ama R e tem medo desse amor (coisa muito inteligente da parte dele). R não aparece muito por estes lados, ela vive numa cidade mais fedida que esta (se é que isso é possível). Toni era namorado de Martha e agora ela está com o Harold. Toni escreveu um monte de poemas para a Martha mas mesmo assim ela o deixou. Harold também escreve poemas, fazia isso antes de conhecer Martha. Não eram poemas de amor (eram sérios). Toni em breve será advogado. Harold é advogado faz tempo e é bom. Toni jamais vai ser tão bom advogado quanto Harold. Toba afirma que os advogados e os policiais estão sete degraus abaixo da merda. Os poemas de Harold são melhores que os do Toni. Toni é melhor fotógrafo que Harold porque Harold não é fotógrafo. Policiais e advogados fazem duplas perfeitas nos confiscos de objetos em ordens de embargo. Uma vez vi como um advogado e seu policial tiravam uma velha televisão de uma casa humilde. A proeza foi que duas crianças pequenas se grudaram na televisão e era impossível tirá-las dali, então jogaram a televisão dentro do caminhão com crianças e tudo.

As mulheres amam por reflexo e por isso ficam vulgares. O amor da mulher está ligado ao sexo, a mentiras pequenas e cruéis, a imundície e televisão e mais imundície. Se você caçoa dela ou lhe dá uma surra por estragar sua melhor calça, a resposta habitual é negar sexo. Os homens são elegantes quando amam como homens, os homens que amam como mulheres ficam mil vezes mais vulgares que elas. A mulher que ama como homem não fica mal. O homem que ama como mulher acaba choramingando em algum motel sujo de fronteira. Todo homem ama como mulher da primeira vez. Martha e Toni pareciam se amar muito mas com as mulheres nunca se sabe. Um babaca é o homem que sempre ama como mulher. A mulher ama por reflexo e se você não sacudir bastante o traseiro dela, ela o dará ao vizinho na primeira oportunidade. Toni fala em ir embora para Bogotá. Todos nós quando estamos de saco cheio por alguma coisa (a coisa de sempre) falamos em viajar para Bogotá. Em Bogotá não acontece nada de especial mas a distância ajuda. A gente chega a Bogotá, se enfia num bar de intelectuais e dá uma de artista marginal. Se tiver bom papo pode conseguir rum, um lugar onde passar a noite e mulher. Partiram o coração do Toba em Bogotá mas ele não está querendo vingança. O pai do Toni vive em alguma parte de Bogotá, Toni não o conhece e quer falar com ele para acertar as contas com a memória (e tirar-lhe um pouco de dinheiro). Harold e Martha parecem se amar muito. Bibiana e Fran também. Todos os apaixonados parecem se amar muito.

EXTERIOR-AMANHECER

Que sofra muito mas que não morra

Saber que só eu e aquele que agora é o marido dela comemos uma certa garota não me tranqüiliza, talvez fosse melhor pensar num número indefinido de amantes, assim não haveria uma única e feia cara nos meus pesadelos. Às vezes penso que já não amo uma certa garota, que este amor morreu, mas todo amanhecer pequenas e vorazes criaturas chupam o meu coração. Se ela tivesse tido muitos casos seria mais fácil esquecê-la, mas ela teima em ser a mulher ideal, o meu amor perfeito. Como não encontro jeito de manchar sua lembrança, sua lembrança me mancha. Este é o axioma: entre dois há sempre um que fede.

Você gostaria que as pessoas fossem como imagina que são, você se empenha em fazer das pessoas o que quer que elas sejam. O que me deixa puto nos textos literários é que neles os personagens são rígidos e perambulam pela trama como potes de conservas pelos trilhos de uma fábrica: quando se comportam bem o fazem de uma forma quadrada. Quando são maus agem perfeitamente mal. Quando são bons e maus — ao mesmo tempo — têm uma forma inquestionável de sê-lo. Assim a gente pretende fazer com as pessoas, transformá-las em personagens que devem agir de acordo com o nosso desejo. Assim eu quis fazer com uma certa garota. Durante anos pensei ter o controle e bastou um instante para ela me deixar perplexo. Sua vida girou numa direção inesperada e a minha se partiu em mil pedaços.

As pessoas descem do ônibus e correm para as suas casas porque precisam ir ao banheiro com urgência. As pessoas sabem que podem agüentar aqueles duzentos metros e agüentam. Batem na porta com violência e têm que fazer nas calças porque ninguém abre, porque quem devia estar em casa não está e isto não estava previsto.

Quem, por mais duro e eficiente que seja, não fez alguma vez nas calças? O amor bate mais forte que o Tyson, se mexe melhor que o Ali, é mais rápido que o Ben Johnson dopado. Embora calce 48, o amor pode jogar você no chão e fazê-lo girar até que não sobre um pêlo no seu traseiro. Basta um suspiro do amor para que você borre as calças. Sei que tem gente por aí com bons dentes e outros que dariam inveja a um verme. Tem gente que nunca tem espinhas na cara, tem gente que ganha todas as apostas: isso ajuda mas não é suficiente. Muitos dos meus amigos foram mais sacanas do que eu com as suas mulheres e elas continuam ali, comendo o arrozinho chinês amanhecido. Não queria ter filhos com uma certa garota nem vê-la grudada em mim. Eu gostaria de fazer uma viagem com ela, talvez ao Brasil. E beijá-la, e trepar com ela de vez em quando.

Certos caras têm dificuldade para respeitar suas mulheres porque antes de se apaixonarem por eles tiveram casos com alguém que eles desprezam. Parece bobagem mas isso perturba. Eles não conseguem aceitar que elas tenham saído com e dado seu corpo a sujeitos cuja inferioridade apregoam. L sempre se queixa porque T saiu com F. T lhe diz que isso está esquecido, que não tem importância. L pensa que T e outras pessoas o comparam com F e para ele F é igual a peixe podre. Acho que L costuma se sentir peixe podre e não suporta isso. Segundo ele, T deveria ter escolhido melhor o cara que devia antecedê-lo. Quando o cara anterior é boa pinta a coisa piora, o atual o sente como uma ameaça e treme toda vez que ela o menciona. Os homens sonham em ser o primeiro e único amante da mulher que amam. As mulheres dizem que o último pode cantar vitória. Mamãesabetudo acha que ninguém pode estar certo de ser o primeiro e isso também vale para o último.

Eu gosto de correr todas as manhãs porque aplaca a tristeza. Sei quando sonho com uma certa garota mesmo que não me lembre do sonho. A sensação de ausência no peito me diz isso. Correr ajuda, por isso tem tanta gente correndo ao amanhecer.

INTERIOR-NOITE

Sexo, droga e rock and roll

O bar está lotado. Os estrangeiros fedem a galinha defumada, as garotas a perfume de puta, as putas a sêmen de galinha defumada. Toba tirou a camisa e levanta os braços no meio da pista. Ciro está com ele. Toba é alto e magro mas tem seu charme. Seu costumeiro mantra se mistura por um instante com a música:

— *Antigos espíritos do mal, transformem este corpo, decadente e miserável, em Toba, O Imortal.*

Ciro lhe dá um banho de cerveja e Olga o beija na boca, um beijo longo e profundo. Toba está na glória. Os estrangeiros observam e fumam maconha, há agitação no banheiro, deve haver no mínimo umas mil pessoas ali. Eu me mexo de um lado para o outro como um tigre. Há tensão, há velocidade, há morte. Pedro Blas sai do banheiro com uma cara maléfica e se une ao clube do Toba. Pedro escreveu recentemente um poema do caralho sobre a Mónica (uma argentina com quem vivi em Bogotá). O poema fala de amor e violência, de ir para o México num carro vermelho e matar policiais. É preciso ter colhões para escrever assim. Sempre suspeitei (apesar dos juramentos dela) de que o Pedro tinha espichado o bucho da Mónica. Nunca toquei no assunto com o Pedro mas aquele poema era a prova final. Só que já me dava na mesma se o Pedro ou cem fenemês traçaram a Mónica, sua boceta era agora tão abstrata para mim como a de uma lêndea. J parece um caubói, raspou a cabeça e ficou ameaçador. Colocam The Doors e me junto ao grupo na pista. Alonso fuma um baseado no balcão. Fran vem para a pista conosco. Mario está com uma garrafa de uísque na mão, ele me passa a garrafa, bebo um longo gole e a coloco na roda; a garrafa volta quase vazia para o Mario.

— Ei, Rep! Vão arrebentar o Gnomo.

Olho para o balcão. Dois negros pegaram o Alonso pelo pescoço. Eu e Ciro vamos para cima deles. A batalha se estende. É uma briga equilibrada: todo o bar contra os dois negros. Arranco a tampa da privada e a parto na cabeça de um dos negros, que cai feito manga podre. Margaret grita atrás do balcão. Olga também briga. A sirene de uma rádio-patrulha põe todo o bar a correr. Duas horas depois estamos novamente na pista. Alonso não sabe o que aconteceu, ele não arredou o pé do balcão a noite toda. The Doors está tocando de novo.

Temos uma vida simples, são só dois movimentos: olhar para o teto e ficar no bar. Às vezes temos dinheiro e podemos ter um bar no quarto. Ciro traz fitas, compramos duas garrafas e nos jogamos no chão, cada um com sua garrafa e seu pedaço de teto. Podemos ouvir a mesma música durante horas. Ciro grava essa única música dos dois lados da fita. Uma vez cismou com *November rain*, e a ouvimos cento e quatro vezes seguidas. Depois fiquei sabendo que era a música dele com a R, a música que eles ouviam juntos. Como há muito pouco que fazer, não fazemos nada.

Às vezes há mulheres, as mulheres são lindas por um momento. Quando estou apaixonado por uma mulher, tento vê-la o menos possível; eu não me apaixono com facilidade, de maneira que quando acontece tento fazer durar. Queria amar outra vez, dar o melhor de mim para uma garota. O ruim é que não sei o que é o melhor de mim, não estou certo de que haja alguma coisa melhor em mim. Eu gosto de mulheres bonitas, caladas e com bom gosto para escolher roupa. Hoje em dia as mulheres não têm idéia do que é se vestir, a maioria parece doméstica em dia de folga. Uma certa garota não se vestia bem mas era bonita demais para que isso pudesse afetá-la. Tinha pernas lindas e era extremamente tímida. A verdade é que conheci mulheres bonitas (bem como alguns monstros) e também mulheres que sabiam parecer bonitas. fui amado com loucura, como você nem imagina, senti o amor de belas mulheres em cima de mim como um inferno, tive mulheres que deram tudo por mim, incluindo uma certa garota. Posso aceitar que fui um sacana com uma certa garota, mas com outras consegui ser franco e suave, então, quando as coisas pareciam funcionar, aparecia o fantasma de uma certa garota e estragava tudo. Uma mulher agüenta tudo do homem que ama menos que ele fale o tempo todo de um amor inesquecível. O problema é que quando você tem um fantasma a única coisa que deseja é falar disso para todas as mulheres que seduz. Por quê? Não sei. É uma coisa maligna, uma maneira de ferir e continuar sendo abandonado.

Toba, Quixote pouco engenhoso, está jogado num canto amaldiçoando uma imaginária e nada dulcinéia Betty. Mario tenta levantá-lo e Toba fica puto. Lutam. Mario solta o Toba, que com o olhar perdido continua desafiando os moinhos de vento:

— Negra desgraçada, a única coisa que ela quer é isso, ó (pega o sexo), quer isso sete mil vezes ao dia. É o que ela quer, não é? CADELA!

Juntos, eu e Ciro o levantamos.

— Vamos, bunda-mole — diz Mario.

Mario mora perto do Toba e lhe oferece carona. Toba diz que vai vomitar. Nós o arrastamos até o banheiro e enfiamos a cabeça dele na privada. Quando Toba termina, nós o levamos para baixo. Mario pára um táxi e eles vão embora. Eu e o Ciro subimos. A flor está morrendo e é melhor ir embora antes que comecem as rezas. Alonso nos acompanha. As solitárias ruas brilham com a garoa.

INTERIOR-NOITE

Música de Alan Price

Sarah Weber tem noventa e sete anos, sabe que vai morrer e a única coisa que pede a Deus é que lhe permita agüentar até agosto para ver as baleias pela última vez. Ela tem certeza de que virão se despedir fazendo piruetas em frente à sua casa. Os habitantes da ilha dizem que Sarah está louca porque não quer se internar num hospital apesar da promessa feita pelos médicos de prolongar-lhe a vida por mais cinco anos. Sua irmã Libby, dois anos mais nova que Sarah, está há oito meses sobrevivendo num hospital e escreve cartas a Sarah pedindo-lhe que se interne.

— Não me interessa quebrar nenhum recorde — diz Sarah. — A única coisa que quero é ver as baleias mais uma vez.

— Mas, tia...

— Nem pensar, Harry. Por acaso sou uma tartaruga?

O sobrinho de Sarah tem oito anos e apostou suas economias com Frank. Frank é neto de Amy, outra anciã da ilha. Cada um dos meninos sustenta que sua anciã viverá mais tempo. Harry tinha muita confiança em Sarah mas devido aos seus últimos problemas de saúde começou a se preocupar. Harry planejava comprar uma coleção de peixes coloridos com o dinheiro da aposta. Sarah é teimosa, Harry lhe disse que se passar dos cem anos vai ser incluída num livro de recordes e convidada para ir ao Japão por uma semana com todas as despesas pagas, talvez até lhe permitam conhecer o imperador. Sarah se mantém firme.

— O mundo vai se lembrar de você para sempre — diz Harry.
— O mundo não me importa a mínima — diz Sarah.
— Você é uma velha teimosa — diz Harry.
— E você um menino bobo — diz Sarah.

Para desviar Harry do seu objetivo, Sarah lhe conta a história de um homem que queria ser o único. Levado por seu afã, o homem empreendeu a tarefa de eliminar todos os outros seres do planeta. Ao fim de mil anos completou sua empreitada e passeou solitário por aquele mundo vazio. No entanto uma coisa o deixava descontente: sua sombra continuava ali e isso significava que ele ainda não era o único. Então o homem se escondeu atrás de uma rocha e, quando a sombra estava olhando para outro lado, lhe deu setenta punhaladas. Estava contente, por fim tinha conseguido ser único e absoluto. O problema foi que não cuidou dos ferimentos e em pouco tempo morreu de tétano.

Em agosto as baleias chegaram e Sarah pôde admirá-las em todo seu esplendor. Quando as baleias partiram, ficou muito triste. Harry se aproximou, trazia balas de hortelã e dividiu-as com ela. Por mais que pedisse, Sarah não quis lhe contar nenhuma história.

— O que está acontecendo com você, Sarah?
— Não sei, Harry.
— Já viu as baleias — diz Harry com os olhos úmidos. — Era o que você queria, não?
— Sim, e dou graças a Deus por isso.
— E então?
— Harry, querido, você não entenderia.
— Eu sei o que está acontecendo, Sarah — diz Harry e enxuga as lágrimas com o dorso da mão. — Sei e também tenho medo.
— O que é que você sabe, querido?
— Por favor, Sarah, não chore.

— Não estou chorando.

Harry a abraça e suas lágrimas se confundem.

— Você quer ver as baleias no próximo ano como última vez, não é?

— Sim, querido, só mais uma vez.

— Eu já sei como se chama a sua baleia favorita, aquela que você mais deseja ver.

Os soluços são cada vez mais intensos. O menino aperta a anciã como se temesse perdê-la no ar.

— E como ela se chama, meu amor?

— Tem oito anos e se chama Harry.

INTERIOR-NOITE

Sou o Rei Réptil, sou o dedo que vão lhe enfiar no cu

Lindsay Anderson fez um filme chamado *Baleias de agosto*. Usei o mesmo título para um roteiro que escrevi. Se Lindsay conhecesse o meu roteiro faria outro filme e talvez o chamasse *Baleias de agosto II*. O filme de Lindsay fala da relação entre duas anciãs que esperam a morte (Bette Davis e Lilian Gish estão fascinantes). O meu roteiro trata da relação entre uma anciã e um menino que quer ganhar uma aposta. O problema é que Lindsay vive nos EUA e eu no *cu do judas*. Eu gostaria de fazer esse filme mas não tenho como e entregar o roteiro para um desses diretores estúpidos daqui seria um crime, eles não sabem nada sobre a beleza, são bons para o cocô e infelizmente eu não tenho roteiros sobre cocô. Neste país ninguém fez um filme que valha um furúnculo, não me interessam os prêmios que ganhem, também ganhei prêmios com um montão de lixo. A maioria dos prêmios não passa de peixe podre para a foca engraçadinha. O artista sente nojo, o bunda-mole se infla como um cadáver de três dias flutuando num lago.

As telenovelas não são bregas porque falam de amor mas sim porque o fazem do ponto de vista das empregadas domésticas. O amor do ponto de vista masculino não funciona na televisão, seria mais chato que um programa de debates. Quem melhor faz telenovelas aqui é Jorge Barón, se ele mesmo as escrevesse, seriam insuperáveis. Os outros me chateiam com seus arremedos de reciclados folhetins gringos repletos de diálogos arrivistas e esnobismo amanhecido, lengalenga abobada de casais em crise e mais e mais lugares-comuns já vistos em *Dallas* e *Dinastia* que não combinam com a paisagem ao redor. Deveriam contratá-los como assistentes sociais e deixar os espaços para o Jorge Barón. O forte do Fernando Gaitán, outro símio pretensioso, são a crônica de costumes requentada, as piadas e a vulgaridade. Onde todos eles são iguais é nos programas de humor, não conseguem fazer funcionar nem as risadas gravadas. A única coisa em que eu detestaria reencarnar seria em esposa ou filho de algum desses mentecaptos. Amém.

Como toda pessoa tem uma empregada dentro de si, e toda empregada é de alguma maneira uma pessoa, as telenovelas continuam vigentes. O México e a Venezuela encabeçam a lista de exportadores. A fórmula não muda: moça pobre ama moço rico que afinal é pobre porque a dona de tudo é ela. Doenças incuráveis que são curadas, segredos guardados por mil anos que se revelam, infidelidade, ciúme, inveja, ódio e um amor que vence contra todas as previsões. A história tem cem caras diferentes mas a essência permanece. O sonho das domésticas continua intacto.

Os bundões fracassados do cinema (com ou sem prêmios) vez por outra metem a garra nas novelas mas elas sobrevivem, não importa quanta sucata intelectual pretendam inocular, o *rating* manda e as empregadas (sob qualquer forma: secretária, dona de casa, primeira dama, jogador de futebol, escritor famoso, taxista etc.) são o *rating*.

A inteligência e o amor não dão liga. O amor é burro. O amor só é inteligente no abstrato. Se um homem quer ser elegante e lúcido ao amar uma mulher deve fazê-lo no abstrato. As telenovelas não podem ser abstratas e todos deveríamos aprender um pouco com Jorge Barón. A *Divina Comédia* é um exemplo de telenovela que o amor abstrato produz. A audiência não permite tais liberdades.

Um homem nunca deve matar o real e sim o abstrato. Deve matar seus sonhos ruins e um amor assassino que o corrói. Matar um homem porque a sua mulher foi embora com ele é tornar-se um bunda-mole. Uma xoxotinha macia e peluda não justifica um cadáver. O amor é pessoal, diz respeito a quem o sente. É bom estar com quem amamos mas isso não significa que ela sinta o nosso amor, significa que é provável que nos ame. A gente sente calor, cansaço, sono. A GENTE. Ninguém sente o calor, o sono ou o cansaço de outro. Dois nunca serão um: isso só serve para vender cartões de Dia dos Namorados e ponto. O amor que eu sinto me fere, para uma certa garota não existe. Quero matar este amor porque é inútil, porque não pode tocá-la nem fazer com que sua vida sinta saudade da minha. Pouco importa o quanto esteja longe ou perto de mim, a magia acabou. Se estivesse aqui continuaria sendo hermética e alheia como um túmulo sem nome. O amor está encerrado, um amor assim é mais criminoso e feroz do que um amor morto.

Os animais matam para sobreviver. O homem mata por insignificâncias. Ter medo do ridículo é uma insignificância do homem. Um homem sai da fila do cinema e mata. Há duas versões: alguém diz que alguém pisou no homem, outra que passaram a mão na bunda da mulher dele. Das duas a segunda me parece mais infame. Assim como o homem defende os seus sapatos, a mulher deve defender a sua bunda. Qualquer um pode disparar uma arma. Oswald matou JFK enquanto comia um hambúrguer. Quando a polícia entrou no edifício, Oswald ainda estava comendo e ninguém o prendeu porque não imaginaram que um cara que comia hambúrguer com Coca-Cola tivesse acabado de matar o presidente dos EUA. Se uma mulher se queixa porque passaram a mão na bunda dela é melhor bater na mulher. Se o seu filho vem e diz que outro menino passou a mão na bunda dele, o que você faz? Bater na mulher é mais seguro e inteligente, uma coisa da qual se lembrará com um sorriso. Se ela faz você matar por ela, se lhe partirem os ossos, um dia se lembrará disso com amargura. A xoxota que hoje é sua amanhã pode ser do seu inimigo. Se uma mulher não se defende é porque não tem interesse. Um homem que mata para não passar por idiota se esquece de que matar é a maior idiotice, a menos que seja assassino profissional ou policial.

As telenovelas e a vida tratam da mesma coisa, mas na televisão tudo se ajeita e os finais são uma festa. A vida costuma ser menos tortuosa e exasperante do que a televisão mas não acaba com uma festa. As telenovelas que tratam da vida sem se aprofundar nos pormenores são agradáveis. As outras, que pretendem escarafunchar e decifrar o que há no fundo de cada gesto, são cocô de galinha. Jorge Barón faz isso muito bem. Já os outros parecem possuir um enorme galinheiro. A vida é mais real e mais insuportável ao meio-dia, ainda bem que as telenovelas dessa faixa são as melhores.

INTERIOR-NOITE

Sob o meu polegar está uma garota que uma vez me abateu

Mónica mora num belo apartamento ao norte de Bogotá e quer que eu vá morar com ela, mas não aceito e ela se enche e quer que eu vá para o inferno mas não aceito. Passei a metade da minha vida (que começa onde acaba uma certa garota) pulando entre Cidade Imóvel e Bogotá, algumas vezes trouxe meus cupinchas para cá mas a chuva fria e o céu cinzento não são para eles. Ciro agüentou uma longa temporada e aproveitamos bastante. Bogotá foi o meu sonho americano mas sempre volto para Cidade Imóvel. O que me incomoda não é o frio, não é a chuva, não é o céu cinzento. Sou feito de uma madeira rara. O calor também não me incomoda mas me parece uma desgraça. O calor é bom quando se tem iate e hotel cinco estrelas. Se você tiver que dar aula numa escola de subúrbio e atravessar a cidade ao meio-dia num ônibus lotado, não vai gostar do calor. Quando eu só tinha Cidade Imóvel, a ânsia me acossava e cheguei a odiar muito suas muralhas fedidas e suas varandas rançosas. Vir para Bogotá mudou minha perspectiva e adquiri por ela aquele carinho de que fala *El Tuerto López*. Cidade Imóvel se transformou na minha ilusão de fim de ano, num lugar de passagem. Podia ir, aproveitá-la um pouco e me mandar. Exatamente como se faz com uma puta. E isto é o que Cidade Imóvel é. Quando não se é ninguém nem se pretende ser, Bogotá é o lugar certo. Em Cidade Imóvel tampouco sou ninguém mas tem muita gente que sabe disso. Mónica diz que não torne a ligar para ela mas não aceito.

É fácil dizer que uma pessoa não é ninguém quando se pensa o contrário. Ser presa dos fracassos é um traço típico dos cancerianos. Mas fiz várias coisas e sei que algo ainda funciona. Em Bogotá também tenho cupinchas mas os vejo pouco. A cidade é grande e há muito espaço para se perder, aqui ninguém fica grudado em ninguém o tempo todo porque isso lhe roubaria o calor e acabariam todos congelados. Em Cidade Imóvel as pessoas tendem a ser fofoqueiras e escandalosas mas se vangloriam de ser, diferentemente dos bogotanos, abertos e francos. Acho que confundem gritar e falar abobrinhas com sinceridade. Provavelmente seja o frio o que torna os andinos fechados e egoístas mas prefiro assim. Pelo menos não gastam sua energia como idiotas, não tentam ser simpáticos com o primeiro estranho que aparece, não balançam o rabo por migalhas. Se um estranho aparece seu primeiro impulso é desconfiar. Eu gosto daqui mas nasci em Cidade Imóvel e isso conta. Mónica é argentina e também detesta os bogotanos mas na verdade não conheço muitos, a maioria das pessoas que anda por aí veio de outro lugar. Mónica é doce e suave: seu sotaque portenho e seu corpo portenho e seu churrasco portenho me amarram. Mas como tudo o que é doce e suave, e *excessivamente portenho*, acaba se tornando insuportável.

O apartamento da Mónica é grande e acolhedor. O meu é pequeno e a janelinha do quarto dá para a parede de outro edifício. Por que não aceitar a proposta da Mónica? Poderia pensar em vários motivos mas não posso esconder que o mais importante é uma certa garota. Para mim, ir morar com a Mónica é como renunciar de vez a uma certa garota. Sei que parece loucura, sei que uma certa garota e eu não temos nenhuma possibilidade mas não quero matar este impossível e acho que ir morar com a Mónica seria o seu epitáfio. Quando a gente toca uma corda do violão ela continua vibrando por um tempo e depois vibra o silêncio e é difícil saber quando o silêncio pára de vibrar. Às vezes acho que uma certa garota deixou de vibrar mas quanto mais me afasto mais forte é o seu silêncio. Mónica me pede para pensar mas não aceito. Sei que a Mónica vai insistir um pouco mais e logo vai desistir mas não dou a mínima para isso. Ela não pode me causar medo com as suas ameaças. O que na verdade me assusta é saber que não dou a mínima para as ameaças dela. Abro a janelinha e tento imaginar como seria a vida com Mónica. A parede do edifício vizinho está suja de fuligem, a cabeça de um gato aparece pela chaminé de um exaustor. Olho nos olhos do gato solitário e sinto o frio de Bogotá entrando nos meus ossos, como a lembrança de uma certa garota.

Nunca vou me sentir de todo em Bogotá e também não voltarei para Cidade Imóvel para ficar. Uma e outra são uma só em mim e enquanto eu puder pular entre elas terei um álibi. Em Cidade Imóvel pensarão que procuro alguma coisa e que talvez um dia a encontre. Em Bogotá, felizmente, ninguém pensa em mim, ninguém está nem aí para o que eu faço.

EXTERIOR-TARDE

Música do Grateful Dead

Estou há mais de meia hora sentado aqui esperando que alguma garota bonita se sente ao meu lado para lhe passar a conversa. Carlos está no outro banco tocando baladas no seu velho violão. Então, em vez de chegar a bela garota do entardecer, uma gorda das mais nojentas se espreme ao meu lado. As tetas escapam pelos lados, a bunda se esparrama por todo o banco e a cara parece uma luva de boxe. Odeio mulheres feias. Na minha longa vida de réptil afundei a rola em mais de uma lesma por extrema necessidade mas em nenhuma tão feia como esta, ela consegue ser mais feia do que a minha bunda. Cuspo nas mãos e brinco com a saliva mas não surte efeito, minha grosseria em vez de espantá-la a diverte. Carlos, violão no ombro, se aproxima e cumprimenta a gorda com um beijo. Carlos tem o funesto dom de conhecer as fulanas mais indesejáveis de Cidade Imóvel. A gorda é pianista, isso me irrita mais ainda, para mim as pianistas devem ser bonitas, como a amiga do Toni ou a Leslie Ash.

— Carlos, você viu *Baleias de agosto*?
— Não.
— Nem precisa — digo.

Carlos segura o riso. A gorda olha para mim com interesse.

— É um filme? — pergunta ela.
— Alguma coisa assim — digo.
— Eu gosto de baleias — diz ela. — Você não?

— No mar eu adoro — digo.

Carlos tenta conter o riso.

— É uma comédia? — pergunta ela.

Imagino o seu pequeno cérebro soterrado por uma avalanche de floquinhos verdes.

— Ao contrário — digo. — É um filme triste.

— Então por que estão rindo?

Ser cruel e grosseiro com as pessoas não é bom mas acalma os nervos. Também sacaneiam com a gente e assim é a vida. Se uma certa garota engordasse trinta quilos eu deixaria de ter saudade dela mas a memória a torna cada vez mais linda, pole seus traços com ternura infinita e encobre os detalhes adversos. Quando somos cruéis com os semelhantes não pensamos na sua dor, pensar na dor alheia é ruim para os nervos. Não há nada mais importante do que a própria dor mas talvez uma certa garota também sofra ao saber que, no fim das contas, eu a amava mais do que ela sempre acreditou.

Quando deixei Cidade Imóvel pela primeira vez (tinha ganhado uma bolsa de seis meses para fazer um curso de cinema em Bogotá), prometi levá-la comigo e depois houve problemas e não pude ou não quis. Para mim era suficiente falar com ela cinco minutos por telefone, a cada duas noites, do meu quarto de hotel. Eu estava deslumbrado com a minha repentina mudança de vida e não captei como a voz dela se diluía a cada ligação. No início insistia na possibilidade de vir e eu sempre encontrava um jeito de matar seu entusiasmo. Eu gostava de estar sozinho nessa cidade de ninguém, eu gostava de me aventurar por aí sem prestar contas. Uma vez ela me escreveu pedindo para eu voltar imediatamente, era uma carta desesperada, cheia de dor e raiva e vontade de morrer. Em vez de pegar o primeiro avião que me levasse para ela, de levá-la a sério, fui para um café e curti saber o quanto ela me amava. Não pensei nem por um segundo na sua angústia, em como devia ter se sentido para escrever uma coisa assim. Não, eu era o Rei Réptil, o amo das mulheres. Como se pode ser tão imbecil? Não saberei nunca nem me importa. Que sentido tem saber alguma coisa se ela não estará comigo?

Eu fazia e desfazia mundos para ela. Ela aceitava minhas palavras e atos sem opôr resistência. Era dócil e ingênua como um bichinho de estimação. Pensei que podia fazer o que quisesse, que ela nunca iria reagir. ENGANO. Enquanto estava ao seu lado nada aconteceu. Eu matava suas dúvidas como se fossem moscas. Assim que dei espaço ela descobriu o tipo de escória que amava. Estava destruída e pediu que voltasse para lhe dizer como sempre que nada era verdade, que nunca faria uma coisa assim. Não houve resposta. ENGANO. A febre e a insônia tomaram conta dela. Soube que uma vez pensou em vir sem me consultar mas ao final teve medo de ficar à deriva: não confiava mais em mim, eu já a tinha perdido. Ela jamais falou da sua dor mas sua voz ao telefone era uma sombra da sua voz e depois chegou o silêncio, o longo e espinhoso silêncio até o fim do mundo. Eu me senti traído, disse para mim mesmo: *Ninguém pode fazer isto comigo.* Sou o Big Rep. Mas não consegui movê-la nem um milímetro e meu orgulho se dissipou. Então enlouqueci.

Eu e ela tivemos bons momentos, tivemos diálogos e sonhos, tivemos encontros e canções, tivemos sexo com amor, sexo com magia, sexo com sangue e loucura. É provável que ela queira negar aquele tempo mas eu vou estar aqui lembrando que a ensinei a mover estrelas, a ler escritores do caralho, a entender aquilo que os nossos olhos não vêem, o que não faz barulho, as criaturas do ar escuro. Ela me ensinou a *saber* e isso pelo menos é verdade. Ela é esquiva, silenciosa, com feridas antigas. Você tem que amá-la com cuidado, ela pode ficar fria e dura como um sapo de gesso, pode fechar-se em si mesma como um caracol ressentido.

Ortega, o poeta-professor, sustenta que o artista é um pequeno deus cuja altivez é uma dor que o despedaça. Recolher cada pedaço é o seu ofício. Ofício sórdido, inútil e extenuante: sórdido porque ele vive num manicômio. Extenuante porque os pedaços são muitos. Inútil porque jamais encontrará todos. Ortega tem razão, o pedaço mais valioso não quer nem saber de mim.

7
O COMPLEXO DO CANGURU

BOGOTÁ. MAIO-91

Todo o mundo pode fingir amor mas o ódio é muito real. O ódio é como um filho retardado, como um morcego voando de dia

Mónica sabia chupar melhor do que ninguém e sempre engolia o sêmen. Uma certa garota não era ruim mas tinha certos resquícios da sua breve militância feminista. Chupar, segundo ela, era sinal de submissão. Pensar que só fazia isso para me agradar me tirava o tesão e decidi eliminar essa parte do nosso repertório sexual. Para me compensar, deixou-me meter por trás três vezes por mês. Isso doía muito e me parecia um sinal pior de submissão. Ela alegou que a metida por trás era um autêntico impulso selvagem e portanto aceitável. Mónica não tinha teorias nem limites, aceitava tudo mas devolvia cada golpe. Se eu metia por trás ela pegava uma banana (ainda verde) e escondia aquilo bem dentro de mim. Se me chupava eu tinha que chupá-la, se eu fazia o salto do anjo ela fazia a chave do diabo e assim por diante. A Mónica quando chupava parecia não ter dentes, eu gostava mais da sua boca do que da sua boceta. Naquela noite, ela estava me enlouquecendo lá embaixo quando sentimos o estrondo. O edifício inteiro tremeu e algumas persianas saltaram, mas ela não parou de chupar.

— Isso passou perto — disse.
— Humhum — murmurou ela.

Um segundo estrondo rachou as paredes e Mónica se afastou quando eu estava prestes a ejacular. Tentei segurar mas já era tarde. A gosma quente escorreu entre as minhas pernas e senti uma mescla de vazio e medo e depois o medo engoliu o vazio.

— Odeio esta cidade — disse Mónica.

Um pedaço de parede caiu em cima do gravador (uma relíquia Sanyo que eu tinha trazido de Cidade Imóvel) mas a voz da Roberta Flack continuou impassível. Mónica tinha se enfiado debaixo das cobertas.

— Temos que sair — disse.
— Sair para onde?

Mónica tinha feito a pergunta do milhão de dólares. Mudei o gravador de lugar, pus uma fitas do Ottmar Liebert, limpei a virilha com um guardanapo e me joguei na cama. De fora chegavam gritos e muita gente corria, para onde?

As bombas, além de interromperem minha trepada e meio quebrar o gravador, me deixaram sem emprego. Jordi Heras, um basco incrível, tinha me contratado seis meses antes para eu fazer *slogans* na sua agência e agora, farto de trocar vidraças e saltar destroços, estava deixando o país. A agência de Jordi estava indo bem e havia muitos contratos pendentes mas a mãe dele (na longínqua, fria e medieval Vitória) sofrera uma ameaça de enfarte e Jordi culpou as bombas. Sem emprego e com o frio penetrando por cada persiana quebrada, o único remédio foi mudar para o apartamento da Mónica. Ela não escondeu sua alegria mas lhe avisei que seria temporário.

— Até conseguir trabalho e um lugar mais seguro — disse.
— Claro — disse ela. — Acha que eu vou prender você?

Naquela mesma noite coloquei minhas coisas em caixas de papelão e enquanto fazia isso senti uma estranha angústia mas tratei de ignorá-la. Sabia qual era a origem da angústia e que não tinha remédio, só podia assobiar e fazer das tripas coração. Mónica ligou para avisar que conseguira uma caminhonete emprestada e que em meia hora ia passar para me pegar. Seu bom humor aumentava o nível de minha angústia. Disse que ela talvez devesse pensar um pouco, que a convivência comigo não seria fácil.

— Você se acha o pior homem do mundo — disse ela e acrescentou rindo. — É só um *boludo*.

Os primeiros dias no apartamento da Mónica foram um inferno. Se eu demorava no chuveiro ela ficava gritando que lhe deixasse água quente. Se eu lia um livro, ela queria lê-lo comigo. Se eu assistia futebol na televisão, ela dizia que não suportava futebol e me lembrava que Borges escreveu contra o futebol. Se eu queria dormir no sofá (porque não suportava dormir acompanhado), ela dizia que eu tinha nojo dela. Por fim me acostumei a tomar banho mais rápido e a compartilhar o sono. Ela começou a assistir a jogos na televisão (eu disse a ela que Borges era cego e impotente e por isso era o único argentino para quem ficava bem odiar futebol) e ela aceitou que a leitura era um prazer individual.

BOGOTÁ. MAIO-91

Música de Charlie Christian

Mónica gostava de *jazz* e *rock* clássico. O *heavy*, o *trash* e toda a onda metaleira lhe pareciam insuportáveis. Do *grunge*, nova tendência nascida em Seattle, não sabia nada. O tecno e o *rock* em espanhol lhe pareciam um lixo (para mim também). Seu gosto musical não estava muito distante do meu, a não ser por aquele imperdoável equívoco chamado Mercedes Sosa (o sobrenome não poderia ser mais apropriado). Na primeira oportunidade, escondi tudo o que tinha da insossa. Mónica apreciava muitas coisas da nossa cultura e a considerava em alguns aspectos (eu achava isso incrível) superior à dela. Para mim, aceitar como própria uma cultura que tinha produzido os Corraleros del Majagual dava azia. Se não podia ser nova-iorquino, pelo menos queria imaginar que era.

— E o que você sabe de Nova York?

Ela tinha vivido um tempo em Nova York. Para mim a Grande Maçã era só um monte de filmes, revistas e pôsteres. Era Capote e Woody Allen e McDonalds e as lojas de departamentos Macy e etc. etc. Ela tinha percorrido a cidade a pé, tinha estado em Manhattan ao entardecer, tinha feito uma tatuagem no Harlem, mas mesmo assim eu tinha certeza de que sacava Nova York melhor do que ela.

— Sei tudo — disse.

— Mas você nunca passou da esquina — disse ela.

— E daí?

Ela me olhou como se eu fosse uma mosca presa na sua teia. Sabia o que eu estava pensando mas já tinha passado por isso antes. Aproximou-se tanto que o seu rosto encostou no meu e sussurrou com supremo prazer:

— Você é um pobre *boludo* sem identidade.

Sua saliva tinha respingado no meu rosto e entrado nos olhos. Afastei-a suavemente e fui até a pia. Ela ficou na sala cantarolando uma *cumbia* e eu soube que nunca poderia amar essa mulher.

Enquanto ia num táxi pegar o Pedro Blas pensei na minha infância, no Pato Donald e seu tio pão-duro. Pensei em Miles Davis e Jimi Hendrix. Pensei no primeiro Superman da televisão: era de meia-idade, um tanto robusto e barrigudo mas lutava pela justiça do mesmo jeito. Pensei em Michael Jackson e Prince (que considero os maiores artistas do século) e me lembrei da admiração que Miles Davis tinha por eles. Pensei em Charlie *Bird* Parker, no quanto a arte de Parker é impressionante. Pensei em *Além da imaginação* e quis fugir por um dos seus labirintos. Pensei na Marilyn Monroe e meu coração bateu mais rápido. Pensei em John Wayne, Clint Eastwood, John Cage, Harvey Brooks e tantos nomes que eram muito mais familiares para mim do que Alejo Durán, Jorge Villamil ou Teresa Gutiérrez. Aura Cristina Geithner ou Amparo Grisales sempre me pareceram uns bagaços. Por anos bati punheta com divas como Raquel Welch, Jane Fonda, Kim Basinger ou Linda Fiorentino (ou você por acaso faria isso com a Pilar Castaño por amor à pátria?). Consigo me lembrar melhor de alguns episódios de *A Feiticeira* que da história de Cidade Imóvel e sei que Steve McQueen é mil vezes mais importante na minha vida do que Simón Bolívar. Não importa o que diga meu passaporte nem o quanto a Mónica queira me lembrar quem eu sou. Minha cidade está acima disso e seus arranha-céus acariciam o rosto de Deus. Minha cultura está na minha mente e nos seus sonhos, não nos livros do García Márquez. O táxi parou em frente do hotel Dann Colonial e eu desci.

Pedro estava em Bogotá a convite da Casa Silva. Seus poemas bruscos me agradavam e certamente fariam a diferença no meio de tanta mosca retórica que zumbia por aí. Ele me disse que iria ler com Willington Ospina, Andrés Roda e outras merdas do tipo. Contei-lhe que estava vivendo com a Mónica e ele me disse que as argentinas tinham a boceta dura. Na Casa Silva nos encontramos com Mónica. Pedro, de cara, plantou-lhe um beijo na boca (licenças de poeta) e ela, surpreendida, só conseguiu sorrir. Pedro se uniu aos outros poetas para planejar a leitura. Lancei uma olhada ao redor: *hippies* da terceira idade (ainda com *jeans* e alpargatas), secretárias com boinas puídas (para tentar dar um ar boêmio), refugos e aspirantes a poeta (distinguem-se pelo cachecol equatoriano e pelas mechas caspentas e cheias de presilhas) e uma longa lista de monstros (todos com defeitos de fábrica), um deles cumprimentou a Mónica. Tinha nicotina até nas orelhas.

— Henri é um puta escritor — disse Mónica como se estivesse animando um concurso na televisão. Henri me estendeu a mão e não tive outro remédio senão apertá-la. Recentemente ganhou um prêmio na Espanha.

— O Xavier Solis — diz Henri.

— Não foi um cantor de boleros?

— Xavier, não Javier — sublinha Henri um tanto ofendido. — É um poeta da Geração de 68.

— Henri é amigo do Ospina — diz Mónica.

— Nota-se — digo.

Henri me observa contrariado e só se despede de Mónica. Vejo-o se afastar rumo à sala com a mesma cauda piolhenta e o traseiro achatado de Ospina. Mais que amigo se diria que é um clone.

A leitura de poesias foi o mesmo festival de inveja, ego e tédio de sempre. Mónica gostou dos poemas do Pedro Blas (que foi o último a ler) e o convidou para beber vinho no apartamento.

Uma anciã e sua neta grudaram no Pedro e tivemos que levá-las. A velha era de Cidade Imóvel e tinha sido bailarina folclórica (Mónica disse que adorava). A neta tinha treze anos e já escrevia poemas (Mónica disse que adorava). Senti pena dela, só tinha treze aninhos e já estava perdida. Pedro Blas, enquanto falava com a avó, espichava o olho para a menina. Entramos no apartamento e o Pedro foi direto para o banheiro dar uma cheirada. Mónica se instalou na sala com as convidadas e eu fui para a cozinha e abri a primeira garrafa de vinho. Pedro veio me ajudar.

— Imagina lamber aquela lolita? — disse Pedro se lambendo. Estava com a testa brilhante e as abas do nariz tremiam. Pensei na minha sobrinha e tive vontade de partir o crânio daquele velho e lúbrico poeta negro. Em vez disso lhe ofereci um copo de vinho que ele esvaziou na hora.

— Esta porcaria não tem sabor.

— Você não está sentindo por causa da cafungada — disse.

Da sala chegou o estúpido alvoroço de um baseado.

— Vou dar mais uma — disse Pedro e voltou para o banheiro.

Pus os copos e a garrafa numa bandeja e levei para a sala. Mónica perguntou pelo Pedro. Disse que continuava no banheiro. A velha tirou o casaco e estava fazendo uma demonstração de dança, a pele dos braços ficava pendurada como as asas de um morcego. A menina-poeta pegara um livro do Benedetti e estava lendo.

— É o pior poeta do mundo — disse.

Ela levantou o rosto e me observou com seus olhos claros.

— Você escreve?

— Não, sou boxeador amador.

— Se escrevesse, saberia que o Benedetti é um gênio.

Não só estava perdida, era um monstro e certamente a velha era o seu Dr. Frankenstein. Mónica tentava seguir os passos da velha, que eram desajeitados e vazios como os sonhos de um cão. Pedro Blas apareceu com o rosto recém-lavado e foi se sentar ao lado da menina-poeta. Sentei-me na frente deles para vigiá-lo. O baseado acabou mas a velha continuou girando, certamente era surda. Mónica deteve a velha e a ajudou a sentar-se. De repente me senti num mundo fantasma e corri para o som. Coloquei *Purple rain* e fiquei ali agachado, deixando que as notas estridentes amordaçassem o meu coração. A menina-poeta se aproximou para me perguntar que barulho era aquele. Disse a ela que se não se cuidasse o velho poeta negro ia rasgar-lhe as tripas. Ela ficou pálida e percebi que eu tinha ido longe demais mas já era tarde. A menina-poeta pegou suas coisas, vestiu o casaco na avó e puxou-a pelo braço rumo à porta da saída. Mónica e Pedro Blas tentaram arrancar alguma coisa dela mas ela apenas olhava para mim com os olhos cheios de lágrimas. Pedro foi com elas pegar um táxi e Mónica me cercou de perguntas.

— Pedi para ela respeitar Prince e cuidar da sua vida.
— Até com uma *piba* você é um imundo.

Baixei o volume do som e encarei a Mónica.

— Se vai fazer escândalo, eu me mando.
— Vai, *boludo*, saia já!

Não pensei duas vezes. Cinco minutos depois caminhava de camiseta pela calçada de uma avenida. Dei voltas por aí até encontrar uma praça. Deitei num banco e adormeci.

Acordei com uma coisa me apertando o peito. Abri os olhos. A coisa era a bota de um soldado. Ele a tirou e consegui me sentar. Não queria explicações, só queria que eu desse o fora porque em frente à praça ficava a casa de um político. Voltei para o apartamento. Pedro Blas, vestido com o meu pijama, abriu a porta. Mónica tinha ido trabalhar. Dava aulas no programa de lingüística da UJC e era tradutora de várias revistas. Ganhava um monte de dinheiro e estava em plena forma, então eu ainda não decifrava que obscura razão a levava a me suportar. Sexo? Não. Ela tinha demonstrado até não poder mais que o sexo dela era melhor do que o meu. Inteligência? Falava fluentemente quatro idiomas e tinha lido tanto quanto Borges. Mundo? Como bem dizia Mónica: *Você não passou da esquina*. Ela, ao contrário, teria humilhado o próprio Magalhães. Além disso era branca, alta e não tinha celulite.

— E o que tem isso? Ela pode ser bonita e esperta mas você flertou com a morte — disse Pedro Blas entreabrindo seus pequenos olhos de lince. — É melhor do que qualquer um, é áspero e feroz feito um gato sem dono.

— Guarde as adulações e tire o meu pijama — respondi.

Enquanto Pedro tomava banho examinei o quarto mas não tinham deixado rastros. Pensei em perguntar-lhe diretamente, e depois pensei que talvez não tivesse acontecido nada e depois pensei como podia ser tão tolo a ponto de pensar que não tinha acontecido nada. Minha cabeça começou a doer e então não consegui pensar mais e decidi me fazer de idiota com o Pedro porque de qualquer forma ele ia pensar que eu era um idiota. Depois de tomar banho e fazer a barba (com o meu aparelho) Pedro se vestiu à toda e saiu voando do apartamento, porque tinha que fazer umas compras e pegar o avião para Cidade Imóvel antes do meio-dia.

BOGOTÁ. MAIO-91

*O morno resplendor de uma carícia é apenas a sombra
invisível de uma lágrima*

— Que mente mais suja você tem.
— Por que diabos ele estava com o meu pijama então?
— E o que você queria? Que amassasse a roupa e subisse no avião todo amarrotado?... Claro que em vez da porcaria do seu pijama eu podia ter lhe dado o meu *baby doll*.
— Por que ia viajar com a mesma roupa?
— Eu sei lá. Talvez por superstição. Você mesmo vê presságios em tudo.
— Quando você volta para casa, depois de passar a noite num parque porque sua mulher o expulsou, e encontra um sujeito vestido com o seu pijama e cara de ter aproveitado regiamente lhe vêm muitos presságios à cabeça.
— Sabe de uma coisa? Você é um complexado idiota. Convidei o Pedro Blas por sua causa, queria que você sentisse que o apartamento é seu.
— Eu ou o Pedro Blas?
— Sabe o que você tem? O complexo do canguru, isso é o que você tem.
— E você tem o de puta.

A mão dela, como um raio, estalou duas vezes no meu rosto e quando quis reagir ela já tinha se trancado no quarto. Encostei-me na porta e a ouvi chorar. Falei que sentia muito, que estava com ciúme e isso era bom.

— Se estou com você, estou com você e ponto — murmurou entre soluços.

Pensei que aquilo soava bonito e que provavelmente aquele cara ouvira a mesma coisa e com certeza tinha se lembrado disso deitado no banco de trás da rádio-patrulha com uma bala na perna.

Um rato vira na televisão um programa sobre cangurus e pensou que era um deles. Pensou que algum dia ia ser grande e poderia saltar bem alto e esmagar o gato que o perseguia. O rato meteu tanto na cabeça essa idéia de ser canguru que acreditou nela e uma noite, depois de tomar umas tequilas (era um rato mexicano), decidiu procurar o gato para, segundo ele, dar-lhe o que merecia. Seus amigos tentaram dissuadi-lo mas ele lhes deu uma bronca dizendo: *Será que não percebem que vocês são um bando de ratos covardes e eu um canguru muito macho?* E, colocando as as mãos na cintura, saiu do bar e foi a última vez que o viram... Com essa história, chamada *O complexo do canguru* (escrita por um tal Elmer Batters), Mónica tentava explicar os meus arrebatamentos ianques e o autodesprezo que destruía minha auto-estima e a confiança nos outros (os outros eram ela). Minha opinião era bem diferente: quando você já tomou lá, bem lá, não pode mais fechar os olhos. Mónica achava que para mim o mais importante era saber se ela tinha ou não transado com o Pedro Blas. E era, mas mesmo que não tivesse acontecido nada ela o deixou dormir ali sem saber que diabos tinha acontecido comigo. Uma certa garota saberia o que fazer com o Pedro Blas porque entendia a minha mente, porque sua mente estava feita à medida da minha como os trilhos para o trem. Quando um avião perde a rota basta uma manobra para recuperar as coordenadas, mas quando um trem descarrila não há muito que fazer.

BOGOTÁ. JUNHO-91

Música do Ramones

As bombas continuavam caindo como flocos de neve negra sobre Bogotá. Naquela tarde, eu estava na fila para entrar no cinema e pummm!!! A fila desapareceu num instante e aproveitei para pegar o primeiro lugar em frente à bilheteria. A funcionária se enfiou debaixo de uma mesa. Depois as pessoas foram voltando pouco a pouco e ela reassumiu o seu posto. O filme se chamava *Nada é para sempre*. Era dirigido por Robert Redford e o protagonista era um tal Brad Pitt. O nome original do filme significava qualquer coisa como *O rio que corre profundo* (era um filme sobre pescadores) mas o tinham mudado por política comercial. Se há uma coisa que me choca é essa mania de mudar os nomes originais dos livros e filmes por outros que dão nojo. Não vejo por que *Nada é para sempre* é mais comercial que *O rio que corre profundo*. Os códigos que os publicitários tinham para julgar a mentalidade do público eram abomináveis. Se eles tinham ou não razão me era indiferente, mas colocar *Nada é para sempre* numa coisa que se chama *O rio que corre profundo* é um crime.

Os filmes funcionam melhor do que os padres, os psiquiatras e as aspirinas. Sentado na escuridão a gente viaja pelas imagens e esquece o imediato. Às vezes você se aborrece e em outras se diverte mas sempre se esquece do imediato. A única coisa que me aporrinha nos filmes, sejam bons ou ruins, é o The End. As luzes se acendem e as pessoas têm que voltar para o imediato. Ficou para trás o belo vilarejo de pescadores e Bogotá, cada vez mais destruída e insegura, voltou a encher os meus olhos. Eu não sabia aonde ir, tinha brigado com a Mónica e dessa vez a coisa era séria. Tão séria que depois da briga ela foi jantar com um arquiteto seu conterrâneo (que era apenas colega de trabalho). Disse que queria ser amada e que não via amor em mim. Falou da minha incurável indiferença e de se sentir sempre menosprezada por não ser pura e virginal como uma certa garota. Disse que o meu ideal feminino estava mais próximo de uma fada madrinha do que de uma mulher de verdade. Fez um minucioso inventário de tudo o que tinha feito por mim em troca de nada e depois me ofereceu algum dinheiro para alugar um quarto o mais longe possível dela. Não aceitei o dinheiro, disse que podia me virar sozinho. Agora caminhava perto do Museu Nacional, pensando que a minha única alternativa era voltar para Cidade Imóvel com o rabo entre as pernas. O meu reflexo, na porta espelhada do Burger Station, não deixava dúvidas: não tinha um centavo, estava mal vestido e as últimas noites de insônia tinham me envelhecido. Gastei as últimas moedas em ligações para amigos que não foram tão amigos. Mónica tinha me dado uma semana, mas eu queria me mandar já para evitar humilhações. Perambulei entre os escombros como um elemento mais da paisagem e pensei em uma certa garota, no seu amor ali incrustado que não deixava espaço para novos amores.

BOGOTÁ. JUNHO-91

O machado cravado no tronco pode ser visto de duas formas: a parte do machado que se vê e a outra. Uma é o amor e a outra, a morte. Cada um decide qual é a morte

Estava no último banco de um ônibus que atravessaria o país para chegar a Cidade Imóvel. Como os ônibus são coisas tão reais preferi olhar pela janelinha e pensar em outras coisas. Do filme *O rio que corre profundo* tinha ficado flutuando em mim a idéia de que talvez nunca possamos entender totalmente alguém e ainda menos os mais queridos mas podemos amá-los totalmente. Na minha opinião, amar uma pessoa talvez seja mais fácil do que entendê-la mas muito mais perigoso porque o amor sempre dói. A gente pode tentar entender alguém mas não pode tentar amá-lo. O amor surge involuntariamente. O amor pode aumentar ou diminuir até se diluir mas não pode ser imposto. Às vezes gostaríamos de amar determinada pessoa, e até podemos comprovar que a pessoa tem todos os atributos para que a amemos, mas isso não acontece. A gente se acostuma a qualquer um com maior ou menor esforço mas acostumar-se não é amar. Não sei se tenho razão ou se as minhas idéias são absurdas mas tendo a acreditar que o amor existe, que é uma invenção do homem e que agora está fora de controle. O amor mais estúpido e delirante é o da mãe pelo filho, mas pelo menos tem um fundamento biológico. Mas pensar que você encontra uma desconhecida e em pouco tempo daria a vida por ela me parece inexplicável. A Mónica tinha ido para um motel comigo enquanto o namorado passava a noite num hospital. É verdade que tinha telefonado até saber onde ele estava e que não era grave mas não foi ficar com ele e nunca que eu me lembre se sentiu culpada. Depois me explicou que a coisa entre eles vinha mal, que estava farta e desejava algo mais intenso. Foi para o motel comigo porque queria fazer alguma coisa louca e depois lhe pareci interessante e depois surgiu o amor... Seu ponto de vista me pareceu patético mas fui no embalo porque não a amava e por conseguinte não corria nenhum risco. A Mónica era boa mas incapaz de me produzir amor. Pensando bem, ela tinha mais do que eu podia sonhar e acho que esse era o problema: para amar alguém esse alguém deve ter a medida certa. Um pouco menos é insuficiente, um pouco mais põe tudo a perder. Isso acontece porque amar é uma arte do mesmo tipo que comer: um prato que não está no ponto pode acalmar o apetite mas não satisfaz o paladar. Tem gente que come para encher o bucho e estes podem viver sem amor mas não sem companhia. Outros morreriam de fome antes de aceitar uma coisa mal preparada. Estes últimos serão eternos solitários a menos que encontrem a medida certa. Quando se pensa no amor as idéias não têm consistência e talvez por isso os grandes filósofos evitaram o tema, mas embora seja indigesto é óbvio que nossa pequena vida gira em torno de alguém que nos transformou em idiotas felizes ou sábios ressentidos. O ônibus deixou a rodoviária e entrou na auto-estrada.

8
SONHO DE UMA CENOURA CONGELADA

BOGOTÁ. OUTUBRO-92

A dor é um prazer inesquecível

Do que me lembro é do brilho dos seus olhos e depois do rastro da sua voz na escuridão estreita. Os beijos pendiam da assustada superfície como relógios de Dalí e caíam nos ocos sem duendes e depois senti o seu cheiro ácido dentro de mim e comi o seu cheiro e o coração do seu cheiro... As mãos se repetiram até o cansaço e havia mais mãos do que lugares para elas, e também um pouco de sangue e lágrimas e muco sobre o resplendor do seu corpo. Não sei se foi bom, sei que foi árduo e único. Os outros detalhes foram engolidos pela ansiedade. Ela nunca me contou o que tinha sentido.

Lá fora Cueto e Víctor continuavam discutindo. Ela não tinha se mexido. Abri a porta e me sentei com eles. Cueto e Víctor se entreolharam com malícia. Eu me senti mal, como se estivesse nu num mercado público. Pedi que fossem embora. Afastaram-se entre risadas. Chamei-a. Era uma noite quente. Ficamos mais de duas horas sentados na porta sem dizer uma palavra.

Depois transamos cada dia, cada segundo, cada pestanejar. Nunca perdemos uma oportunidade, era uma força que deslocava as outras, de certa forma o sexual foi devorando o resto. Quando ela me deixou eu lhe disse que tínhamos muitas coisas juntos, que não podíamos deixar tudo assim, que até nisso éramos congruentes. Ela disse que essa era a única coisa que tínhamos. Pensei. Tinha razão.

    O seu corpo branco como a Lua dos sonhos. Os olhos abertos para um enigma. As suas mãos sábias. Desço ao fundo do mar e toco, justo antes de morrer, uma pedra redonda. A pedra me traz de volta à superfície. Não tento entender o que está acontecendo, me estendo sobre o seu corpo e ouço o que dizem os astros. Uma voz tenta romper as miragens mas já não consegue. Você é tão assim, tão bela. Um presente da morte. Meu corpo não consegue acreditar, não acredito no meu corpo. Meu corpo se opõe como ciência estúpida entre você e mim. Seu corpo se desfaz para me deixar entrar, meu corpo é duro como uma lei, como um pacto de outros. Renuncio ao meu corpo e me entrego ao seu, renuncio à minha alma. Você é o oco no meu coração, a raia no meu pensamento.

    Depois que você foi embora precisei de muito tempo para fazer com outra mulher. Talvez tivesse sido melhor não tentar. Tudo sem você é desbotado e sólido, alguma coisa não está mais comigo, o encanto morreu e só ficam o insípido prazer, o vazio, o vício. O desejo continua intacto mas o clima não flui. Você tinha uma forma peculiar de me iluminar, um silêncio com leves ressonâncias de estações chuvosas, de hotéis no meio do deserto. Ignoro que tipo de sujeito é o seu marido mas duvido que ele tenha o suficiente. E não se trata de mim mas de você, do seu cansaço e ausência num instante qualquer, uma coisa que é o nosso segredo, uma coisa fria e perigosa.

    Seu corpo era meu cem anos antes de lhe pertencer, salvei-o muitas vezes em outras vidas, torci seu coração e ninguém conseguiu endireitá-lo. Não fiz nada com intenções secretas, não houve dinheiro nem honras em troca, não houve pacto nem chantagem. Você se entregou a mim e eu aceitei com supremo cuidado. Era feita de tal forma segundo a minha natureza que ninguém estará com você sem ter um pouco de mim. Você não tinha nenhuma experiência. Entre nós dois nada faltou. Agora está rodeada de objetos e tem aquilo que vocês chamam uma vida. Sabe que careço de talento para isso, não sei acordar acompanhado todo dia, não sei descer escadas a certa hora nem beijar determinadas pessoas. Sou capaz de incendiar um hospital mas jamais cumprirei um compromisso. Os seres superiores como o seu marido fazem um excelente trabalho. Só consigo viver e por isso me chamam vivedor. Sou o sujeito que as mães detestam e as filhas adoram. O que posso esconder? O meu rastro fica na água.

Agora pareço um velho caubói nu na cama solitária de um hotelzinho. O mais anônimo pistoleiro do faroeste. Poderia dar lições em filmes pornôs. Uma mulher nas minhas mãos não seria uma mulher mas um lugar de relâmpagos, uma fúria de ardores e significados. Pena que nenhuma mulher possa me levar a isso, pena que você seja a única mulher capaz de acender a velha lâmpada do porão. Se eu tivesse você agora seria um homicida no fundo do mundo submarino, seria o próprio diabo. O que aprendi não está nas canções nem no cinema, é uma experiência que ajuda a atravessar as ruas escuras e dar o ponto exato aos pratos. Posso colocar, um a um, os ossos de uma mulher no lugar certo, posso corrigir a natureza, sou o cúmplice de Deus. Vocês dirão que eu exagero mas vocês jamais serão ela.

O duro é pensar como se perde o tesouro, como o tédio me devora. Sou o senhor sexo, o senhor morte pronta, o senhor amor, e isso não me ajuda a encontrar você, esse algo mais que perco com você. Todo o futuro está na falta de você, tudo é repetição e imundície. Pelo menos espero que esteja bem, que a sua festa dure. Seria um crime se não fosse assim.

BOGOTÁ. OUTUBRO-92

*Não tenho sentimentos nem ideais profundos, só quero
escovar os dentes e torcer para que não caiam*

Todos os dias um monte de mulheres é violentada aqui e em todo o imundo mundo. Hoje foi a vez da minha vizinha de andar. Você pensa e pensa. Minha vizinha é uma quarentona alta e em plena forma, os filhos-da-puta devem ter curtido bastante. Você pensa nisso e a vara endurece a mais não poder e você quer ir até a cama da vizinha para levar a sobremesa. Você imagina o quanto deve ter sido delicioso, chega a sonhar que está com o pau cheio de sangue quente e sai pelas ruas solitárias abrindo xoxotinhas de todas as idades e cores. Você não sabe se amaldiçoa ou inveja os miseráveis que meteram à força na vizinha, afinal de contas também pensou nisso embora com a certeza de não fazê-lo. Você não sabe que atitude tomar até que imagina que podem fazer a mesma coisa com a sua mãe. Isso muda o cenário. Se pensar que quatro sujeitos enormes — dotados de paus ásperos e quadrados — metem num beco estreito e escuro na sua mãe, na sua filha pequena, no seu canário favorito, ou em você mesmo, as dúvidas éticas se desvanecem e você fica pronto para esquartejá-los em pedacinhos quadrados como cubos de gelo.

Minha vizinha não pretende registrar queixa, prefere pôr panos quentes e esquecer o assunto. Ela sabe que vai ser muito difícil pegar os violadores e que se os pegarem não vão fazer nem cócegas neles, as leis a esse respeito são uma meleca empelotada.

Fazer escândalo só danificaria mais sua estrita dignidade e poria em perigo sua vida e seu emprego.

Todos os dias milhares de mulheres são espancadas e violentadas dentro das suas próprias casas, na frente dos seus próprios filhos, por seus próprios maridos. Algumas vão ao tribunal em busca de ajuda. Uma delas é uma conhecida minha, chama-se D e tem duas meninas. A juíza que a atende diz que enquanto não lhe concedam o divórcio não se pode fazer muita coisa. Pede paciência.
— Sinto nojo quando ele toca em mim — diz D.
— Entendo — diz a juíza.
D se irrita. A juíza fica de saco cheio. Discutem. A juíza diz a D que ela tem obrigações com o marido até que saia o divórcio. D diz que vai matar o marido se ele voltar a tocar nela.
— O problema é seu — diz a juíza.
— Foda-se! — grita D.
No dia seguinte, a juíza soube pela imprensa que D tinha assassinado o marido com setenta e quatro punhaladas. Fez isso enquanto ele dormia depois de tê-la violentado. D ainda não saiu da cadeia. Não sei o que terá sido das meninas.

Da minha janela vejo as luzinhas na montanha. Parece um cartão de Natal, um lugar onde reinam a quietude e o amor. Mais perto estão os edifícios, ali também parece haver aconchego e harmonia. Em frente à minha janela há outra janela, às vezes vejo pessoas indo de um lado para o outro mas nunca captei problemas ali. De uma janela se pode ver, mas bem pouco.

À noite há menos gente na cidade. A partir das seis todos começam a correr para os seus lares em busca de refúgio. Uns vão para a montanha que acende as luzinhas, outros para os edifícios com seguranças armados. Sinto raiva e saio, arrisco a pele pelas vazias ruas sem lei. Da escuridão me observam. O medo faz cócegas nas nádegas, nas costas e na virilha. Eu me coço aqui e ali até que desaparece. A maior parte da cidade foi comida pelo medo: o medo é a substância de que ela está feita.

 Eu me pergunto como estarão indo as coisas para uma certa garota, se ama o marido, se gosta da forma como ele faz amor, se quer fazer cada vez que ele quer, se ele a obriga, se ela finge para evitar problemas, se foi ao tribunal, se têm discussões, se ele tentou bater nela alguma vez, se bateu e ela toda noite planeja matá-lo. Pergunto se são tranqüilos e amorosos, se os rouxinóis cantam no seu jardim, se quando ela pensa em mim o faz com saudade ou com alívio. Eu me pergunto se tudo é mentira entre eles ou se são o grande bolo da verdade e, se tudo é mentira, me pergunto quanto durará. É arriscado fazer previsões, as mentiras costumam ser eternas nas mãos de gente como uma certa garota.

CIDADE IMÓVEL. DEZEMBRO-92

Todas as nossas invenções são verdade, pode ter certeza disso

— A cenoura deve ser média — diz Aldo. — Tem que ser molhada na água da chuva e depois lubrificada com limão. Deixe-a cinco minutos em fogo lento e em seguida ponha para congelar.
— E funciona?
— Depois de congelada, sim.
— Quem ensinou isso?
— Umas pessoas por aí — diz Aldo.
— Não sei se vou conseguir fazer isso.
— Vai, sim — diz Aldo.
Ciro chega do armazém com três cervejas. Ele e Aldo conversam sobre as virtudes da cenoura congelada. Aldo dá uma de bruxo, é um cara engraçado. Muita gente não o suporta, muita gente não me suporta nem suporta o Ciro nem ninguém que se atreva a ser diferente.

Aldo não pinta nem escreve, ninguém sabe o que faz, é apenas Aldo: um homem baixinho e robusto que ri o tempo todo. Ciro também é Ciro e isso inquieta muita gente. Quanto a mim, sou Rep, este é o meu único ofício. As outras pessoas são circunstanciais e previsíveis. Quando a gente está com alguém da mesma espécie se sente à vontade, não é preciso representar. As pessoas que não têm nada em si mesmas, que não conseguem saber nada e portanto não podem desprezar a merda, são conflituosas ao extremo. A única coisa que interessa a elas é ter ou dar razão e pronto. J também sabe ser J.

Não importa o tipo de lixo que acumule, não importa porque no final continuo sendo um réptil de seis pés e oitenta e um quilos. Quando chega a hora de fechar a boca e bater com o que tiver à mão no desgraçado que me sacaneia, não tenho problema. Acredito no ódio e na vingança, acredito que se a coisa fica difícil é melhor tomar vantagem. Eu gosto de ser justo, de ficar bem com os meus rins, tenho minha própria idéia do belo, mas a verdade é que às vezes não há alternativa a não ser correr. Se tiver que arrancar os dentes de alguém, não penso um segundo, se pensar, fico imobilizado e sou presa fácil. Tento não ser rancoroso mas não posso me esquecer de que o meu branco coração guardou uma raiva durante doze anos, ao cabo desse tempo encontrei o inimigo e bati nele com a raiva intacta. O ódio me demonstrou muitas vezes que o tempo não existe.

Sem medo não há sensação mas o medo deve ser abstrato. Temer o real esmaga você contra a sua própria sombra. Sem medo a vida é oca e remota como um buraco no espaço sideral. O medo esquenta o sangue, é vida. O medo do real estraga o estômago, faz você ficar muito tempo no banheiro, é morte. Temer o real é como acreditar numa mulher que garante amar você e não lhe dá o cu. Nada real justifica dar um tiro na cabeça mas basta para partir em duas qualquer mosca que queira zumbir no seu ouvido.

Comprei um quilo de cenoura e escolhi a mais apropriada segundo as indicações do Aldo. Fiz como ele falou e deixei a cenoura no fundo do congelador. Nos primeiros dias pensei nela mas depois esqueci.

Sid se enforcou mas ninguém pode assegurar que tenha sido por causa de Nancy. Ele a tinha matado muito antes e provavelmente nem tenha se lembrado dela quando pôs a corda no pescoço. Tem gente que se satisfaz pensando que ele fez isso por causa dela, vêem nisso uma compensação, mas Sidney Vicious não era desse tipo. Cada um conhece o cheiro do seu corpo e o assume, o duro é aceitar os cheiros alheios. O amor é um pacto entre cheiros, entre tipos de pus que tentam conviver. Se a gente se cansa do próprio cheiro, o que podem esperar os outros. O ideal é se cansar primeiro mas isso nem sempre acontece. Sid apunhalou Nancy e depois se enforcou, um e outro feito podem não ter qualquer relação. Eu acho que têm: trata-se mais de conhecer as razões que me levam a pensar assim do que o simples fato de pensar. Seja como for, é melhor sonhar com uma cenoura congelada do que ter os meus pesadelos, com toda certeza.

CIDADE IMÓVEL. FEVEREIRO-92

O sexo não precisa do amor mas se beneficia dele, o amor precisa de todo o possível e algum impossível

— Está ligando para quem, Rep? — tornei a discar o número. Tudo rodava, a cara do J era uma máscara zombeteira, Ciro e Toba também riam. Ray estava encostado num poste e Mario esperava a vez para usar o telefone. — Para quem diabos você está ligando?
— Para o meu amor, seu filho-da-puta. Para o meu amor.
— Você não tem mais amor, Rep.
— Ela me ama.
— Ela trepa com outro.
— E daí?
Foi uma gargalhada unânime. Um cachorro atravessou o parque e me olhou zombeteiro. Joguei o telefone e tentei bater no J. Ele se esquivou com uma firula e caí em cima de um banco. Ciro me ajudou a levantar. Mario tinha pegado o telefone.
— Para quem você está ligando?
— Para a minha mulher — disse com arrogância.
Peguei uma garrafa e tomei um bom trago. Ciro me encarou:
— O que é que há com você, Rep?
— Ele está quebrado — disse Toba atrás do Ciro.
Tentei tirar o Ciro da frente para dar uma garrafada no Toba. Ciro pôs a mão no meu peito e me empurrou até uma árvore. Ray veio também. Ciro arrumou o colarinho da minha camisa e me tirou a garrafa.
— Não perca a elegância — disse.

— O que é que eu faço então?
— Dê um tiro em você mesmo — disse Ray.

Voltamos ao grupo. Mario terminou sua conversa e voltei para o telefone. Disquei. Dessa vez ela atendeu.
— É muito tarde — disse. — Minha mãe fica nervosa.
— Só quero conversar um pouco — disse.
— Você está bêbado?
— Não.
— Você é um mentiroso — disse ela.
— E daí?
— Não volte a ligar — disse e desligou.

Voltei a discar e a mãe atendeu. Desliguei.

Era uma garota tão doce. O que sempre me atraiu nela foi o seu silêncio, não era um silêncio qualquer, era cheio de contrastes e pequenos silêncios uns dentro dos outros como ondas num lago. Ela não tentava me entender, sabia que era tolice pretender isso. Odeio as pessoas que entendem, nada é mais sujo e abjeto, entender é o pior insulto, um engodo embrulhado em papel dourado. Entre nós dois não foi preciso entender: eu tinha a minha dor com palavras e ela o seu silêncio.

Uma tarde apareceu na minha casa. Fazia seis meses que não tinha notícia dela, foi uma grande surpresa. Fomos para o meu quarto. Eu estava vestido porque ia sair. Perguntei como iam as coisas com o cara. Ela não quis falar disso, pediu que me deitasse na cama e depois subiu em cima de mim. Tentei abraçá-la. Disse que eu não fizesse nada, que ficasse quieto, que não dissesse uma palavra. Sua voz era dura e raivosa. Ela se remexeu em cima de mim com calma e em seguida foi acelerando pouco a pouco. Não me beijou. Suas mãos tocavam o meu rosto e ombros com extrema delicadeza. Ficou uma meia hora em cima de mim e depois se despediu. Não sabia o que fazer, fiquei ali deitado sentindo o seu corpo, com medo de perdê-lo mais uma vez, sentindo como o seu calor esfriava lentamente sobre mim, como a sensação de movimento ia ficando imóvel, como se esvaía sua figura, como me deixava sozinho até o fim do mundo. Eu estava molhado e cada extremo da minha pessoa pulsava como mil medos no coração de um pássaro. Não queria pensar, não queria a sombra de uma idéia, não queria saber, queria ficar ausente como o lado oculto de um sonho.

— A flor já era — disse Ciro.
— Aqui tem mil — disse.

Toba pegou o dinheiro e foi buscar mais uma. Mario e J o acompanharam. Deitei no banco, estava frio como a memória de um morto.

— O que é que há com você, Rep?
— Minha alma está estragada.
— Goteiras?
— Muitas.
— Precisa de um encanador — disse Ciro.
— Uma legião — disse. — E você, como vai?
— Não tenho idéia — disse.
— Continue assim.

Toba e J voltaram. Mario tinha ido procurar emoções mais fortes.

— Preciso de música — disse Ray.
— E de um cérebro — disse Toba.
— Eu fico — disse.

Ray se afastou vinte passos mas ao notar que ninguém o seguia voltou e se deitou em outro banco. Em pouco tempo adormeceu. Toba dançava solitário olhando a Lua.

— Sabe o que me incomoda, Rep?
— As mudanças — disse.
— Como adivinhou?
— Que importância tem isso?

J também tinha adormecido. Ciro foi para o outro lado da praça e não voltou. Fechei os olhos e pensei nela.

CIDADE IMÓVEL. FEVEREIRO-92

Você não sabe que o diabo não existe? É só Deus quando está bêbado

Havia duas regras de ouro. 1. Você deve ser durão se quiser respeito. 2. Se for durão deve sê-lo para sempre. Perguntei-me se eu era durão mesmo de verdade. Pelo menos ontem à noite não tinha sido. Chorar e fazer o papel do amante destruído em público não estava nos meus planos de vida e agora, com a ressaca mais desgraçada do mundo, não podia me livrar daquela imagem. Lembrei-me dos primeiros dias sem uma certa garota, das vezes que ouvia baixinho Julio Iglesias trancado no meu quarto e como depois escondia as fitas porque um roqueiro duro que ouve Julio Iglesias é tão inconcebível como Chapeuzinho Vermelho se injetando heroína. Havia mais coisas obscuras no meu passado mas eu gostava delas ali, no fundo do buraco onde o amor por uma certa garota se negava a cair. Mamãesábia entrou no quarto com aspirinas, água e caldo de verduras. Ela podia curar qualquer ressaca mas eu queria mais, queria que o tempo voltasse e apagasse os meus passos em falso ou ao menos a estúpida noite anterior e minha elegância perdida.

Dentre os defeitos que uma certa garota tinha quando a conheci o mais grave era ouvir canções do Silvio Rodríguez e seu séquito de puxa-sacos. Não foi difícil tirá-los da sua vida e colocar no lugar o Tom Waits. Depois continuei mudando coisas até que ela ficou perfeita. Certamente alguém pensou que ainda tinha um defeito e a tirou de mim. Muitas vezes, quando sua ausência mais me perturbava, busquei-a naquelas odiadas canções. Busquei-a tanto que acabei cantarolando aquelas coisas e me esqueci por um tempo do Tom Waits e outros demônios, perdi até a vontade de ter nascido gringo. Muita gente não sabe que em 1970 (quando eu tinha oito anos) o meu pai me fez ouvir Miles Davis e depois Jimi Hendrix. Quando terminou a música do Hendrix, agachou-se na minha frente e disse (nunca me esquecerei de como ele estava sério): *Você já ouviu tudo*. No dia seguinte meu pai morreu atropelado por um ônibus (naquele mesmo dia Hendrix morreu em Londres, afogado no seu próprio vômito) e eu ainda tenho aqueles dois *long-plays*. Anos depois soube que Hendrix e Davis tinham sido amigos e que costumavam se reunir na casa de Davis para improvisar *jams*, imagina? Os dois monstros juntos. Eu gostaria de ter contado isso ao meu pai.

Porque os sonhos não estão quebrados aqui, só estão mancando, diz uma canção de Waits e era perfeita. Ali estava minha alma mancando por ter falhado mas ainda era capaz de fazer outra ronda, só devia esperar a noite. E a noite chegou e fui enfrentar os meus cupinchas mas ninguém disse nada. Conversei em particular com Ciro e lhe perguntei que comentários haviam feito e ele sorriu com malícia e disse: *Você ainda é intocável*. Não ser gringo foi provavelmente a maior frustração da minha vida, de modo que só restava ser durão. Julio Iglesias, Pablo Milanés e outros paspalhos podiam ir pelo cano da descarga porque a minha elegância estava de volta.

BOGOTÁ. MARÇO-91

E nunca conhecerão o meu nome nem o tesouro da minha fuga

Eu estava numa esquina sem fazer nada, parado entre as pessoas que esperavam o ônibus. Ao meu lado havia um casal se beijando. O cara soltou a fulana e foi comprar cigarros. Um homem velho parou perto da fulana e começou a falar sacanagens. A fulana lhe respondeu com frases de grosso calibre. As pessoas formaram um círculo ao redor deles. O cara voltou com os cigarros e ficou olhando a discussão. O velho empurrou a fulana. A fulana olhou para o cara e ele deu de ombros. A fulana deixou o velho e encarou o cara.

— Você é um *boludo* — disse a fulana. — Esse velho asqueroso me ofendeu o quanto quis.

— É só um velho — disse o cara.

O velho se aproximou outra vez da fulana e passou a mão na bunda dela. A fulana arranhou a cara do velho. O cara segurou a fulana e ela o arranhou.

— *Boludo*, você é um *boludo* — disse entre soluços.

O velho foi embora. A fulana continuou xingando o cara que limpava o sangue do rosto com um lenço. As pessoas cansaram de ficar olhando para eles e se afastaram. Fiquei parado perto deles. Passaram-se quinze minutos e a fulana ainda estava descendo a lenha no cara. Chamava-o de *boludo* sem parar e fazia uma longa lista de exemplos para ilustrar a espécie de homem que o cara era. Dois policiais se aproximaram e ficaram observando a cena. A fulana aumentou a ladainha. Os policiais pareciam estar se divertindo. O cara afastou a fulana e foi para cima dos policiais com unhas e dentes. Os policiais tentavam segurá-lo mas o cara estava uma fera. Um dos policiais tirou o revólver e acertou um tiro na perna do cara. A fulana gritou. O cara caiu numa poça de sangue. A fulana se ajoelhou ao lado do cara e ele fez um gesto para afastá-la. Uma rádio-patrulha entrou em cena. A fulana quis entrar mas não deixaram. Levaram o cara e a fulana ficou sozinha. As pessoas voltaram a se dispersar. O velho estava outra vez perto da fulana. Ela não lhe deu atenção e ele se afastou. A fulana limpou o rosto e sorriu para mim. Sorri para ela. Conversamos. Convidei-a para tomar alguma coisa. Ela pensou um pouco mas acabou aceitando. Fomos para um bar do centro, um desses lugares escuros... E depois fomos para um motel em Chapinero... A fulana se chamava Mónica, era argentina, tinha um doutorado em literatura inglesa e não exigiu camisinha.

CIDADE IMÓVEL. DEZEMBRO-92

Esta é minha canção, minha escura canção

Não sei quantas possibilidades tive de ser bom, pelo menos não captei nenhuma, e se tivesse captado eu a evitaria, a gente nunca sabe o que uma oportunidade implica. Quando era menino, me davam de presente um cachorro atrás do outro, todos morriam depois de algumas semanas comigo: disseram que eu não levava jeito para cachorros. Quando estava para fazer oito anos o meu pai morreu: supus que eu não levava jeito para pais. A partir dali começaram as mudanças e mortes que foram a marca da minha existência. Pensei que uma certa garota era o meu lugar: a casa que nunca deixaria, o ser que jamais ia morrer. Pensei que levava jeito para ela. Enfim. Nada disso. Meu jeito continua sendo terrível para pessoas, animais e coisas. Só a minha mãe agüenta.

Mudar-se é a pior coisa que existe: deixar um lugar, colocar as coisas num caminhão que o levará para um lugar novo. Os lugares novos costumam ser anti-sociais no começo, alguns o são sempre. Para trás ficam amigos e namoradas, fica a cor do céu a determinada hora e em determinada companhia. Pensei que uma certa garota era a minha recompensa por cada osso quebrado e tanto impulso assassino, pensei que com ela não haveria truques nem desassossego, que por fim ia me jogar na grama para respirar o ar do amanhecer. Enfim. Pior. Fui mais eficaz do que a vida, fiz de uma certa garota outra armadilha, outro salto para o vazio e a dor mais aguda e duradoura de todas.

O amor é bom enquanto dura mas às vezes dura demais. Eu gostaria de pensar que tudo acaba e começa, eu gostaria de dizer que a experiência ajuda, eu gostaria de saber que estou morto, que não levo jeito nem para mim. Felizmente, quando as coisas vão mal alguém vem e as piora, esse é o único alívio.

Há uma mulher de que eu gosto. Ela trabalha e vai à academia, tem uma menina e costuma passar com ela pela praça. Às vezes nos encontramos por ali e trocamos algumas palavras. Queria lhe dizer mais coisas mas não consigo. Ela sorri e se afasta. Não sei da sua vida, não conheço nada dela, talvez seja melhor assim. Quando conheci uma certa garota tive vontade de me afastar em sentido contrário, de evitar penetrar nos seus mistérios, de ficar de fora, de só vê-la através de um espelho... A maior tolice é pensar além do nosso nariz, é viver alguns metros à frente.

CIDADE IMÓVEL. DEZEMBRO-92

O sexo é um calmante mas cria hábito

    Minha mãe está lavando a geladeira e meu irmão o banheiro. Meu outro irmão assiste televisão e eu ouço música no meu quarto. O lar é frenético e eu gosto disso. A vida é adequada para mim, eu adoro estar aqui agora e ouvir Nirvana, gosto de saber que é sexta-feira e que à noite vou sair para me encontrar com amigos e ver mulheres tão bonitas quanto Nilda: ela é vida, seu cheiro enche espaços em dimensões simultâneas, me sinto melhor só de vê-la. Adriana é bela, calada e doce como entardeceres no norte da Irlanda. Há muitas mulheres bonitas em Cidade Imóvel mas bem poucas têm alma e melodia. O ritmo é abundante mas só os símios se importam com o ritmo.
    — Rep.
    — Sim?
    — Venha aqui um momento.
    Minha mãe está na frente da geladeira com um pedaço de gelo escuro na mão.
    — O que está acontecendo?
    — Olhe isto.
    Pego o pedaço de gelo e o observo.
    — O que é isto?
    — Bem que eu queria saber.
    — É muito pequeno para ser um jacaré — diz meu irmão.
    Mamãe tira o pedaço de gelo da minha mão e o sacode.

— Que diabos será?

— É uma cenoura — digo.

— Como você sabe?

— Eu a coloquei aí.

Meu irmão solta uma risadinha gozadora. Mamãe não parece achar graça no assunto.

— Para quê?

— Não sei, mamãe.

Ela joga o pedaço de gelo escuro na pia e abre a torneira, a água o desfaz. O líquido preto escorre pelo ralo da pia e segundos depois não há rastros da cenoura.

— Isso não era uma cenoura — diz mamãe.

— Juro que era.

Ela balança a cabeça e volta para a geladeira. Eu volto para o Nirvana. Tento me lembrar do que o Aldo me disse naquele dia mas uma coisa fria e escura na mente (como um pedaço de gelo escuro) me impede.

No parque me encontro com Ciro e Toba. Fran aparece com notícias: há um coquetel na Casa da Espanha. Vou no embalo da noite sem emoções porque uma coisa fria e talvez escura no meu peito não me deixa vibrar. Depois do coquetel vamos para o Ratapeona. Tento me sintonizar com os outros mas não consigo, fico à deriva observando. Volto para casa de madrugada, minha mente tenta ir para um ponto mas não chega lá, é como um abismo sem fundo. Na Casa da Espanha conversei com Aldo e perguntei pela cenoura mas nem ele se lembra. Ele falou que a cenoura tem milhares de usos, que podia tê-la recomendado para qualquer coisa. *Pode curar de furúnculo a sortilégio atroz.* O jeito muito sério do Aldo falando da cenoura e sua voz solene me fizeram rir. Agora suas palavras me rondam: *pode curar de furúnculo a sortilégio atroz.* PODE MATAR QUALQUER COISA. Dou voltas na cama. Sei que a cenoura cumpriu sua missão e que esta implica um crime, sei que nunca vou decifrar o mistério, que nunca saberei por que a coloquei lá e com isso alguma coisa de mim: um gesto, uma forma de vazio, um fragmento de luz num rosto, uma raia roxa, perdeu-se para sempre. Isso não é tão grave, afinal de contas era o que eu queria, o problema agora é saber QUANTO TEMPO O CUPIM DEMORA PARA DEVORAR O BOSQUE.

SUMÁRIO

1
Dillinger nunca teve uma chance 7

2
Produções Fracasso Ltda. 35

3
A morte de Sócrates 53

4
Violão invisível 69

5
Curto e profunda 95

6
Baleias de agosto 103

7
O complexo do canguru 133

8
Sonho de uma cenoura congelada................................... 151

Este livro foi composto em Minion e BlissLight
para Editora Planeta do Brasil
em maio de 2006